大富豪同心

甲州隠密旅

幡大介

双葉文庫

目次

この作品は双葉文庫のために書き下ろされました。

甲州隠密旅　大富豪同心

第一章　無尽講《むじんこう》

一

歳の頃は三十ばかりの商人が、笠を被り、振り分け荷物を担いだ旅の姿で、赤坂の大路を歩いてきた。

紀尾井坂下の食い違いで外堀を渡り、赤坂に出て、紀州家上屋敷に沿って西へ向かう。その先の一帯には小身《しょうしん》の御家人の組屋敷が建ち並んでいる。幕府の煙《えん》硝《しょう》蔵《ぐら》があり、鉄砲組の者たちが集められていた。鉄砲場と呼ばれる射撃場もあって、いつでも鉄砲の音と、硝煙の臭いが漂っていた。

さらに進むと道は一旦《いったん》下り坂となり、谷間に広がる百姓地に出る。ここが千駄ヶ谷である。

「急に田舎臭くなってきやがったぜ」

白金屋《しろがねや》庄兵衛《しょうべえ》は笠をちょっと上げた。卵形の輪郭で顎の尖った、狐に似た顔を傾げた。

「ここが本当にお江戸かえ」

呆《あき》れるほどに鄙《ひな》びた景色が広がっている。

「これが墨引《すみび》きの内だってんだからなぁ」

墨引きとは、江戸の町奉行所が支配する土地の境界をいう。地図に墨で線が引かれていることからそう俗称された。ちなみに江戸市中の範囲はさらに広い。墨引きの外に朱色で線が引かれている（一部、墨引きが朱引きの外に出ている箇所もある）。

江戸の内にある農地の作物はほとんどが野菜である。江戸が抱える百万もの人口を支えるために豊富で新鮮な野菜が必要だからだ。さらには煮炊きに必要な薪《まき》を採るための里山もあった。江戸は意外にも緑あふれる町なのだ。

もっとも今は冬の季節。田畑には野菜も植えられておらず、木々の葉は残らず落ちている。

農地の真ん中には川があった。多摩川上水から分岐して渋谷川へと流れている。川を渡ると、目の前に、そそり立つ大地が見えた。

「江戸もこの辺りまで来ると、山あり谷ありだな」

白金屋庄兵衛は肩ごしにチラリと振り返り、背後を歩く人物に声を掛けた。

「原宿はこの先でございまさぁ」

饅頭《まんじゅう》笠を深く被って面相を隠し、寒風除《よ》けの被布《ひふ》を着た男が立っている。ムッツリと口を閉ざしたまま、無言で小さく頷いた。

坂を上って大地の上を目指す。千駄ヶ谷八幡を越えるとその先は、見渡す限りの農地であった。

「あの集落が原宿って呼ばれておりやす」

野原の真ん中に家々が建っている。

「あの一帯には伊賀組同心の組屋敷がございますがね。あっしらが目指すのは、さらにその先でさぁ」

そう言ってから庄兵衛はニヤリと笑った。

「墨引きの外でござんすから町方の目は心配なさらないでもよろしいですぜ」

饅頭笠の男は憮然《ぶぜん》として何も答えなかった。

さらに西へ進むと、屋敷森に囲まれた寺院が見えてきた。大きな欅《けやき》が枝を広げている。

「あれが、英照院《えいしょういん》様が隠棲なさっておられる尼寺さんでございまさぁ」

庄兵衛はそう説明して、尼寺へ続く小道を、先に立って歩き始めた。

白髪頭の寺男が山門の周りを箒《ほうき》で掃いていた。江戸の冬は風が強い。落ち葉や芥《ごみ》はどこからともなく飛んでくる。

寺男は白金屋に気づいて、頭に被っていた手拭いを取った。老体ながら視力は確かであるようだ。

白金屋は愛想良く微笑んだ。

「英照院様に目通りを頼みますよ」

そう言いながら歩み寄り、寺男の手になにがしかの銭を握らせた。

銭の力は絶大で、寺男はヘコヘコと頭を下げた。

「へい、ちょっとばかり待っておくんなせぇ」

箒を抱えて寺の裏手へと走って行った。

饅頭笠の男は、笠を上げて、尼寺の本堂を眺めた。

「七千二百石もの大身旗本の後家が、こんな寂れた尼寺に押し込められておるのか……」

建立されてからどれくらい経つのであろうか。柱も板壁もずいぶんと古びて煤《すす》けている。藁《わら》屋根も真っ黒に腐り、雑草まで生えていた。

境内の手入れも行き届いていない。寺を囲む塀も、所々が崩れている。

白金屋庄兵衛も意地悪そうに笑った。

「寺男が掃除をしていなければ廃寺と間違えられそうな荒れ寺でさぁ。こんな在郷だ。ろくな檀家も抱えていねぇのに違《ちげ》ぇねぇ」

饅頭笠の男は何も答えない。庄兵衛のほうも返事があるとは期待していない様子で、勝手に一人で喋っている。

「なにしろご自分の実の孫を殺しちまおうってぇ女だ。お旗本としてのご体面を守らなくちゃならねぇから、ってんで、きついお仕置きは免れやしたがね、こんな荒れ寺に押し込められちまって。……ま、座敷牢みてぇなもんですかねぇ」

声をひそめて、饅頭笠の男に耳打ちする。

「こんな境遇だから、英照院様はたいそう焦っておられやすぜ。こっちの口車に飛び乗って来ようってぇ勢いでございまさぁね」

などと言っているうちに寺男が走って戻ってきた。

「お客殿にご案内いたしやすんで、どうぞこちらへ」

先に立って歩きだす。庄兵衛はプッと吹き出した。

「客殿にご案内たぁ畏《おそ》れ入ったぜ。知客《しか》の上人《しようにん》様が接待してくれるのかもわからねぇ」

客殿とは俗人を接待するための建物で、知客は客に応対する僧侶だ。どちらもよほどの大寺院にしか存在しない。この荒れ寺には本堂の他には、物置と、住職の庵ぐらいしか建っていそうに見えない。

二人が通されたのは、四畳半ほどの茶室であった。

「なぁるほど、英照院様が無理を言って運び込ませたのに違ぇねぇ」

この茶室だけが新しい。

「お屋敷でご愛用の茶室を移築したみてぇですぜ。さすがは七千二百石の御身代だ。金さえありゃあなんでもできるってことですな」

と、狐に似た顔を笑み崩れさせた。

「こっちはその御身代にとりついて、甘い汁を吸わせてもらおうってぇ魂胆ですがね」

饅頭笠の男に笑顔を向けるが、饅頭笠の男は返事もせず、険しい顔つきで笠を脱ぐと、茶室に入って畳の上に正座した。

白金屋庄兵衛はちょっと鼻白んだ様子であったが、立腹しても仕方がないと思いなおして、男の横に腰を下ろした。

「待たされますぜ。英照院様は、客を待たせることが、ご自分の偉さを見せつける秘訣だと思っていらっしゃいますからね」

庄兵衛がそう言ったとおりに、英照院はなかなか姿を現わさない。

囲炉裏に火が入れられているわけでも茶釜が載せられているわけでもない。茶を馳走しようというつもりはないようだ。茶室に通したのは、多分、他の部屋が見るも無残な痛みかたをしているからに違いなかった。

そのうちに日が暮れそうになり、茶室の中も薄暗くなってきた。寺男がやってきて、燭台の蠟燭《ろうそく》に火を灯《とも》して、去った。

「蠟燭たぁ贅沢なモンを使っていなさる」

この時代の蠟燭は極めて高額だ。

と、ようやく足音が近づいてきた。体重の軽い、女の足音だ。

障子戸が開く。白い帽子《もうす》で禿頭《とくとう》を隠した老尼僧が、悠然と正面を向いたまま入ってきた。五十ばかりの年格好で、老化が早かったこの時代の感覚では立派な老女である。気位の高そうな横顔だ。二人には目もくれない。

二人は恭《うやうや》しく低頭した。

茶室には通常、〝躙口《にじりぐち》〟から入る。この入り口は間口が極めて低く、くぐろうとすると強制的に平伏する姿になる。

千利休《せんのりきゅう》が豊臣秀吉を始めとする大名たちに、無理やり頭を下げさせるために考案したとされている。利休の目指す茶道の理念は〝茶室では誰もが平等〟であったからだ。

しかし英照院はあえて躙口を使わなかった。二人に頭を下げる気など毛頭ない、ということであろう。英照院は床ノ間を背にして座った。

「楽にしやれ」

あくまでも権高に言う。

旗本も七千二百石ほどにもなると、小大名より内証は豊かだし、幕府内で高い地位に就くこともできる。その奥方ともなれば当然に、自尊心も高いのだ。

白金屋庄兵衛は、臆せずに愛想笑いを浮かべて、上目づかいに英照院を見上げた。

「ご機嫌も麗しく、なによりのことと存じあげます」

英照院は視線をツンと逸《そ》らした。

「機嫌など良くない。こんな荒れ寺に閉じ込められた無念、その方などにわかるものか」

庄兵衛はそれには答えず、手のひらを横の男に向けた。

「こちらが先日お話しした御方にございまする」

英照院は「フン」と鼻を鳴らし、

「悪党どもの元締だそうじゃな」

と、汚らわしいものでも見るような目つきでそう言った。

男は感情はまったく表に出さずに低頭した。

「天満屋《てんまや》と申しまする」

「天満屋？」

英照院の片方の眉が上がった。いかにも癇性《かんしょう》らしい顔つきだ。

「天満屋、何と申す」

「名前などなきに等しき稼業にございますれば、いかようにもお呼びくださいますように」

天満屋は顔を伏せたまま言上した。人を食った物言いで、英照院はますます不快そうな顔をしたが、しかし、難詰しようとはしなかった。天満屋から放たれる悪の威圧感に呑まれたのかも知れない。

代わりに「フン」と鼻を鳴らした。

「して、天満屋。そなたには妾《わらわ》をこの境遇より解き放つ策があると申したそうじゃな」

「然り」

天満屋は大きく頷いた。

「秘策がございまする」

「どのような」

庄兵衛が見抜いたとおりに英照院は、己が境遇に焦りを感じているらしい。身を乗り出すようにして、話に乗ってきた。

天満屋は感情のない顔つきで答えた。

「坂上《さかがみ》様のお家をお継ぎになられた権七郎《ごんしちろう》様……。かの御仁《ごじん》がご当主の座にある限り、英照院様のご運が開けることはない。と、かように心得まするが」

「そなたなどに言われるまでもないことじゃ」

「もしも、権七郎様を除くことが叶《かな》いまするならば――」

天満屋がそう言いかけた途端に英照院が大きく身を乗り出してきた。

「そのことじゃ！」

老いてもなお整った貌容《かんばせ》が一瞬、鬼女のように変じる。

「権七郎さえ、この世の者でなくなれば、すべてが丸く治まるのじゃ！」

白金屋庄兵衛は、

（丸く治まるも何も、世間にいらぬ角を立てているのはこの婆様じゃねぇか）

と思ったのだけれども、黙っていた。

天満屋は感情のない、低い声音で、呟《つぶや》くように続ける。

「権七郎様がいなくなれば、坂上様の御名跡《ごみょうせき》を継ぐのは、英照院様がお選びになられた若君様。その御方がご当主になられますれば、英照院様をお屋敷にお呼び戻しなされること、相違ございませぬ」

「そのとおりじゃ！　邪魔な権七郎さえいなくなれば、妾はこの薄汚い尼寺を出ることができる！」

「なれど」

天満屋はここでいったん間を置いて、英照院を焦《じ》らしてから、続けた。

「権七郎様には、強い味方がついておられまする」

「強い味方？　何者じゃ」

「南町奉行所同心、八巻卯之吉《やまきうのきち》……」

「南町の同心じゃと！」

英照院は「プハッ」と大げさに吹き出し、続いて高笑いを響かせた。

「町方の不浄役人風情に何ができよう！」

町奉行所の同心の家禄は、たったの三十俵。おまけに彼らは正式には武士の身分ではなく、南北の町奉行所に雇われた足軽に過ぎない。七千二百石の旗本の奥方から見れば、取るに足りない虫けらのような存在なのだ。

「町人に育てられた権七郎には相応《ふさわ》しい眷属《けんぞく》じゃの！」

幼い権七郎を町人に押しつけたのは自分であるのに、心ない皮肉を飛ばした。

天満屋は首を横に振った。

「恐れながら英照院様は、八巻の恐ろしさを御存知ない」

氷のように冷たい言葉を浴びせる。英照院は「ムッ」と顔つきを変えた。

「なんと申した」

天満屋は初めて目を上げて、英照院を見据えた。

「八巻卯之吉は、江戸でも五指に数えられるほどの剣客でござる」

「それがどうしたと申すのじゃ。同心風情、いかに腕が立ったところで、捕り物の役に立つぐらいの話であろう」

「かの者は、その剣の腕を以《もっ》て諸大名家に出入りを許されておりまする。諸大名家の剣術指南役とも昵懇《じっこん》の様子。お殿様方とも親しく剣談など交わしておる、と噂されておりまする」

「なんじゃと！」

「中でも最も八巻を贔屓《ひいき》といたしておるのは、ご老中の本多《ほんだ》出雲守《いずものかみ》様……」

英照院は一瞬絶句した。身を震わせながら問い返してきた。

「只今《ただいま》の柳営《りゅうえい》において権勢第一とされる出雲守様か！」

柳営とは幕府のことである。

「そもそも出雲守様の権勢の源は、江戸一番の札差《ふださし》、三国屋《みくにや》よりの献納にございまする。三国屋は汲めども尽きぬ泉の如き財力で、本多出雲守様を支えておるのでございまする」

「それと、八巻なる同心とにどういう関わりが……？」

天満屋の目が一瞬、光った。

「八巻はかつて、三国屋の主《あるじ》の徳右衛門《とくえもん》がもっとも溺愛する孫の命を救ったことがございます。それ以来、三国屋と八巻は昵懇の間柄。徳右衛門は、八巻のためなら金の助力を惜しむものではない、などと公言いたしておるほどにございます」

英照院は、ようやくことの重大さに気づき始めた——という顔つきだ。返す言葉もなく身をこわばらせている。暗い茶室に天満屋の声だけが響く。

「本多出雲守様と三国屋と八巻卯之吉。これは一体と心得ねばなりますまい。而《しか》して此度《こたび》の一件でも、本多出雲守様に口添えをして、権七郎様が坂上家を継ぐことができるように計らったのも、八巻卯之吉だとのことにございまする」

英照院は「アッ」と短く叫んだ。

「事あるごとに我々の邪魔をいたした町方がおると、下々《しもじも》の者が申しておったが、それは八巻のことか！」

下々の者とは坂上家に仕える軽輩の武士たちのことで、卯之吉が権七郎暗殺の邪魔をし、最後まで防ぎきったことを、英照院の耳に入れていたらしい。

「その同心が八巻か……。おのれ、このままにはしておけぬ」

英照院は鬼女の形相で歯ぎしりをした。

「なれど」と、天満屋の冷徹な声が響いた。

「かの者には迂闊《うかつ》に手は出せませぬ。なにしろその後ろ楯は本多出雲守様と三国屋の財力。そして本人は天下無双の剣豪。これまでも多くの悪党が挑み掛かり申したが、そのほとんどが八巻に討たれ、あるいは捕らえられてございまする」

「ならばどうせよと申すのじゃッ！」

英照院が絶叫した。

「妾に、この境遇に堪《た》えよと申すかッ。そのようなことを申すために、わざわざそのツラを出したか！」

耳を貫くような奇声であったが、天満屋は顔色一つ変えない。

「ですから、手前には秘策がございまする」

「む……左様であったな」

「それをこれよりお伝えいたすその前に、英照院様に八巻がいかに難敵であるのかを、お含みおき願いたく、かく言上《ごんじょう》いたした次第」

英照院は気を取り直して「フンッ」と鼻息を吹きながら座り直した。

「ならば、早ぅ申せ」

「御意。要は八巻を討ち取れば良い。ただそれだけのこと」

「それが難しいとたった今、そちの口から申したばかりではないかッ。妾を侮辱いたしておるのか！」

ここで天満屋は初めて表情を見せた。上目づかいに英照院を見つめて、ニヤリと笑ったのだ。

「秘策を成就させるためには、いささかの金子《きんす》が入り用にございまする」

「金子じゃと」

「恐れながら英照院様は七千二百石のお台所を差配なされていた御方。金子もそうとうに溜めこんでおられたと聞き及んでおりまする」

英照院の顔つきが変わった。白金屋庄兵衛を睨みつける。

「白金屋！　まさかこの者に妾の金のことを告げたのではあるまいな！」

庄兵衛は困り顔で答えた。

「金に糸目をつけぬから、権七郎様を除く策をいたせ、と仰せになられたのは英照院様にございまする」

「ムッ……、左様であった」

キッと険しい顔を天満屋に向ける。

「金さえあれば、八巻を討ち取れると申すのじゃな？」

「いかにも。そして八巻を討ち取りさえすれば、権七郎様を追い落とすことなど、わけもなく……」

「うむ。権七郎めに、なにゆえかご老中様のお声がかかり、妾でさえ、権七郎めの襲封《しゅうほう》を邪魔することができなんだが……」

「八巻さえいなければ、本多出雲守様が権七郎様に気をかけることもございますまい。英照院様は、坂上様の御家をいかようにも差配できましょう」

「うむ。妾の手で権七郎めを除いてくれようぞ」

英照院は更《あらた》めて質《ただ》した。

「して？　いかほどの金が入り用だと申すのだ」

天満屋は即座に答えた。英照院の顔色が再び変わった。

「それほどまでの大金か」

蓄財した金子を吐き出すことは、この老女にとっては何物にも代えがたい苦痛であるようだ。天満屋は恭謙を装って顔を伏せ、密かに苦笑した。

「坂上様のお家に返り咲きなされれば、この程度の金子、すぐにも取り戻せましようぞ」

英照院は延々と唸《うな》っていたが、やがて口惜しげに頷いた。

「あいわかった。妾の金子をそなたたちに預ける！」

下座した。

「有り難き幸せ」

英照院は寺男を呼びつけた。寺男はすぐにやってきて、茶室の外の地べたで土下座した。

「我が寝所より、金子を運んで参れ！」

「へいっ」と答えた寺男が走り去り、ずいぶん経ってから戻ってきた。帰りが遅くなったのは、重すぎる千両箱を両腕に抱えていたからだ。

白金屋庄兵衛はそれを見て呆れた。

(千両箱なんかをこんな荒れ寺に持ち込んでいたってのかい)

金は肌身離さず持っていないと不安なのであろう。寝所に置いて、それを枕に寝ていたのに違いない。

「これじゃ。持って行け」

英照院は千両箱を横目にしながら天満屋に命じた。

「その代わり、必ずや八巻の首を持って参れ！　憎き八巻の鳩首《きゅうしゅ》を妾の前に捧げるのじゃ！」

「ご下命《かめい》、我が一命に換えましても果たしおおせる覚悟にございまする」

天満屋は深々と低頭した。

二

「さぁ、どんどん飲んで、歌っておくれな〜」

卯之吉の素《す》っ頓狂《とんきよう》な声が二階座敷で響いた。ここは吉原。大蠟燭に煌々《こうこう》と火が灯り、夜もなお、真昼の如く明るく輝く不夜城である。中でも最も格式の高い大見世《おおみせ》、仲《なか》ノ町《ちよう》に面して総籬《そうまがき》を構えた大黒屋に、卯之吉は今夜も登楼していた。

徳右衛門からの仕送りが二百両ほど届いたばかりだ。いつも以上の上機嫌である。その二百両は今夜中に使い果たしてしまう覚悟。座敷中に金子をばら撒《ま》いて、芸者衆や芸人たちへの祝儀とし、彼ら彼女らが狂奔する真ん中でクネクネと、小粋なのやら気色悪いのやら判断に困る姿で踊っていた。

宴もたけなわを通り越し、いささか狂乱の度も過ぎた頃合いに、階段をトントンッと小気味よく駆け上がって、一人の中年男が座敷に飛び込んできた。小銀杏《こいちよう》髷《まげ》を月代《さかやき》の頭に斜めに載せて、粋な町人に扮したこの男、吉原では〝遊び人の朔《さく》太郎《たろう》〟の呼び名で知られているが、その実体は寺社奉行所の大検使、庄《しよう》田《だ》朔太郎である。

「おう、今夜もまた、ひときわ派手にやっていなさるね」

そう言いながら踏み込んで来て、金屏風の前に腰を下ろした。

本来ならば卯之吉が宴席を共にできる身分ではない。寺社奉行は十万石級の譜代大名が就任する役目。無事に仕事を果たし終えれば若年寄、そして老中へと出世しようという身分だ。主が老中になれば庄田朔太郎も、老中の懐刀として幕政に関与する。町方同心、あるいは札差の放蕩《ほうとう》息子などが近寄って許される相手ではなかった。

しかしそこは卯之吉である。遊里では怖いもの知らずの放蕩者だ。そして朔太郎のほうも、気づまりな役儀を離れて一時の気休めを求めていたのである。

遊び人の朔太郎が腰を下ろすと、すかさず芸者が酌をする。朔太郎の正体も卯之吉の正体も吉原では露顕していない。仲の良い飲み友達だと信じられていた。

卯之吉は踊りをやめて「おや」という顔で朔太郎を見た。

「これは朔太郎さん。ようこそお越しを。……あたしがここにいることが、よくおわかりになりましたねぇ」

朔太郎は顔をしかめた。

「当たり前《め》ぇだろ。大門《おおもん》をくぐった時から、お前さんの座敷の喧騒が聞こえて来たぜ」

「おやおや。それはお恥ずかしいことです」

卯之吉は自分の席に戻った。すかさず左右から芸者が身を寄せて、朱塗りの大盃を持たせ、左右からなみなみと下り物の菊酒を注ぎ込んだ。

卯之吉が盃に口をつける。喉を鳴らしながら一息に飲み干してしまった。

「なんてぇ飲み方だい」

朔太郎が呆れ顔で見守る。

「たいがいの放蕩はやり尽くしたオイラだが、卯之さんの遊びっぷりにゃあ敵《かな》わねぇ」

金のあるなしとはまた別の、遊びに対する執心というか、真心というか、そういう違いがあるらしい、と朔太郎は思った。

「……それにしても、派手に金を撒いたねぇ」

卯之吉は大盃を下ろすと、「プハーッ」と、酒臭い息を吐いた。

「だって金はあたしの敵《かたき》のようなものですもの。こんなものはとっとと使っちまうに限る。飲み尽くしちまうに限るんでございますよ」

朔太郎は首を横に振った。

「生まれついての金持ちが考えることってのは、オイラなんかには良くわからかねえや」

皮肉でもなんでもなく、本心からそう思った。

芸者たちは朔太郎にも酒を勧めた。朔太郎はやんわりと断った。

「手酌でやるから構わねぇでくれ。それよか踊りを見せてくれ」

態《てい》の良い人払いである。卯之吉と語り合わねばならない大事な話があるのだ。そうとは気づかぬ芸者たちは、朔太郎のことを、踊りを見るのが好きな客だと思い込んでいた。

卯之吉もそれと察して手を振る。

「お前様がたも踊っておくれ。思い切り派手にね」

自分についた芸者二人を座敷の向こうに追いやった。

三味線と太鼓、鉦《かね》を担当する芸妓がすかさず奏《かな》で始める。芸者たちが声を揃えて謳《うた》う。銀八《ぎんぱち》を始め、大黒屋の男衆など、座敷に侍《はべ》った者たちが手拍子を始めた。

これで、多少の声は届かなくなる。朔太郎と卯之吉は内密な話ができるようになった。

顔は芸者の踊りに向けて、機嫌良さそうに手を打ちながら、朔太郎は卯之吉に囁きかけた。

「卯之さんよ、ちっとばかし面白くねぇ噂が耳に入ったぜ」

卯之吉は踊りに夢中で、本気になって手拍子をしている。

「おい、聞いてるのかよ」

「はい？　ああ、なんです？」

朔太郎は「調子が狂うぜ」と独り言を呟いてから、続けた。

「お前ェさんが目を掛けている、坂上家の権七郎君《ぎみ》だけどよ」

「はい？」

「おいおいもう忘れちまったのかよ。女の形《なり》をして、町人に育てられていた、旗本の家の双子の片割れだよ」

「ああ、はいはい、あの御方」

つい先日解決したばかりの事件だというのに、しかもその解決には本多出雲守にご出馬を願ったというのに、すでに〝どうでもいいこと〟になりつつあるらしい。

「まったく、どこまで大物なんだいお前さんは」

「で、その権七郎様が、どうかなさいましたかえ？」

「うん。ちっとばかし、不行跡《ふぎょうせき》が出て来やがったのさ」

「権七郎様に？　どのような？　まさかあたしに関わることじゃございますまいねぇ」

「なんだよ、心当たりでもありそうな顔をして」

卯之吉は「うーむ」と考え込んでから続けた。

「権七郎様がお家をお継ぎになられた時にですね、お祝いと称して、この吉原でドンチャン騒ぎを催しましてね」

「ほう」

「お旗本のお殿様に、変な遊びを覚え込ませてどうする——って、後で銀八に叱られましてねぇ」

「なるほど。銀八もたまには良いことを言う」

「さてはそのせいで権七郎様、とんだ遊蕩に耽《ふけ》り始めましたかね」

「残念だが、って言うか、幸いにと言うか、そういう話じゃねぇんだ。権七郎本人がどうこうって話じゃなくて、問題は坂上家にあるんだよ」

「と、仰いますと？」

朔太郎は声をひそめた。

「卯之さん、無尽講って、知ってるかい」

「ムジンコウ？　なんです、それ」

「慶事だの凶事だの——冠婚葬祭ってヤツだな、急に物入りになるってことがあるだろう」

「はぁ。ご婚礼もお葬式も、何かと物入りでございますからねぇ」

「ところが知ってのとおり、昨今の侍はみんな手許不如意だ。台所は火の車だ。急な物入りったって、おいそれとは大金は用意できねぇ」

「左様で」

「そこで無尽講だ。無尽講ってのは、同僚同士が集まって、毎月小金を出し合って、積み立てておくってぇ仕組みだ。大番でも御先手でも、一組に数十人ずつは侍がいらぁな。一つの家が出す金は小金でも、みんなで出し合えば大きな金になる。組内の者に冠婚葬祭ができた時には、集まった金を使って無事に式典を調《ととの》えるってわけだ」

「一軒の総取りでございますかえ」

「昇進祝いや結婚や葬式はどこの家でもやるんだ。得も損もねぇ」

「それで？　それが権七郎様とどういう関わりがあるんです」

卯之吉は首を傾げた。

「権七郎様のお家は七千と何百石もの御大身でしょう？　そんな御家がお金に困っているとは思えませんよねぇ」

「よくわかってるじゃねぇか」

「だって大身のお旗本様は、あたしの実家に金を借りにいらっしゃいませんもの」

大名家は幕府から様々な役儀を言い渡される。浅野内匠頭《あさのたくみのかみ》が命じられた勅使《ちよくし》饗応役《きようおうやく》もその一つだが、大名家は公儀に命じられたら、自腹で役儀を果たさねばならない。公儀からは一文の予算も出ない。

このような次第で大名家はどの家も金策に窮している。窮余の一策として、三国屋のような豪商に借金を頼みにくるのだ。

一方、旗本の家は、町奉行や勘定奉行のような役儀を命じられない限り、余計な金を使わずともすむ。年貢で儲《もう》けた分を総取りだ。七千二百石にもなると、十万石の大名より豊かな暮らしをしていることもあった。

「むしろお金を貸すほうじゃないんですかねぇ」

「おう、そうだよ」

朔太郎が感心して声を上げた。

「そのとおりだよ。さすがの眼力だね。さすがは南町一の切れ者同心サマだぜ」

「やめてくださいましよ」

卯之吉は慌てて手を振った。

「なにを言い出されますかこんな所で。それに、あたしの本性も、良ぅく御存知のはずなのに」

卯之吉自身は、どうして自分が「江戸でも五指に数えられる剣客」だの、「南町奉行所一の辣腕《らつわん》同心」だのと呼ばれているのか、まったく理解できていない。

朔太郎は面白そうに笑った。

「だってよ、卯之さんの見立てどおりの話だからよ」

「どういうお話ですね」

「まぁ聞きなよ。お前さんが見立てたとおり、坂上家にゃあ使い切れねぇほどの金が有り余ってる。となりゃあ、考えることは武士も町人も変わりはねぇ。その金を貸しつけて、利子を取って儲けよう、ってことさ」

「はい、なるほど」

「なるほど、って、納得されちゃあ困るぜ！　武士が金貸しなんて許されることじゃねぇ」

「表沙汰にはできない、ってことですね」

「そうよ。だから表向きには無尽講を装ってる。しかし実際には利息を取っての金貸しだ」

「権七郎様がそんなことをなさっていらっしゃるのですか」

「権七郎は家を継いだばかりだ。それにアイツは町人に、しかも女として育てられた男だぜ。無尽講のカラクリみてぇな難しいことには関知していねぇに違《ちげ》ぇねぇよ。この金貸しを采配していたのは、坂上家の後家に決まってらぁ」

「後家様？」

「英照院とかいう、三代前の当主の奥方よ」

英照院は権七郎の祖母。権七郎にとって先代は自分の兄。先々代は父だから、英照院の夫（祖父）は三代前にあたる。

「ああ、こともあろうに実のお孫様の権七郎様を殺《あや》めようとなさったっていう」

「おう。悪鬼《あっき》のような女だからな。金にも執心していたって話さ」

町人育ちの卯之吉からすれば、人が金に執心することのどこがそんなに悪いのかが理解できない。

豊臣政権は大名を始め武士階層が利殖や投機に狂奔したから、統制が利かなくなって潰れた――という歴史がある。文禄慶長《ぶんろくけいちょう》の役《えき》の頃の史料には、大名家が金を貸しただの金を借りただの、そんな話でいっぱいだ。戦って勝利を得るよりも、利殖の方が儲かる時代になったのである。しかしそれでは武家政権は成り立たない。

そんな世相をつぶさに見ていた家康は、自分の家臣を金融から遠ざけたのだ。それがいつしか商人への差別感情へと変貌したのである。

という次第で、武士が金儲けをすることは〝悪〟なのである。その結果、武家の財政は逼迫《ひっぱく》し、商人たちに経済を握られてしまった。

それでもやはり、利殖には逆らいがたい魅力がある。元本が利息を呼んで小判がどんどん増えていく。こんな喜びは他にはない。

「坂上家の家政を切り盛りしていたのは英照院だ。どうやらこのオババ様、市井《しせい》の金貸しと手を組んで、あくどく儲けていたらしい」

「これは耳が痛いお話ですねぇ」

卯之吉の実家も金貸しだ。なにやら悪党呼ばわりされているような気がしてきた。

朔太郎は卯之吉の様子には気づかずに続けた。

「今度の代替わりでは、いろいろあったからな。お上の手が坂上家に伸びたのよ。それで、英照院の悪事が表沙汰になりつつあるようなんだぜ」

卯之吉はふと、顔を上げた。

「どうしてそんなお話を、朔太郎さんが御存知なのでございますかねぇ」

朔太郎は苦々しげな顔をした。

「卯之さんこそ、こんな所でそんな話を持ち出さねぇでくれ。オイラの表稼業に関わりのあることさ」

寺社奉行はいずれ幕閣の枢要を務めることになる者であり、名門の譜代大名でもあるから、幕府の情報が、なにくれとなく入ってくるらしい。

「卯之さんのほうこそどうなんだい。英照院と組んでいやがった高利貸しを捕らえるって話になったら、駆り出されるのは町奉行所の捕り方だろう」

卯之吉は涼しい顔で盃を呷《あお》った。

「あたしの働きなんか、どなた様も期待していらっしゃらないですもの。そんな話があったとしても、あたしのところに伝えにくる上役様はいらっしゃいませんよ」

「なんで自慢げに語ってるんだよ」

「あれ？　自慢しているように聞こえました？」

「少なくとも自責の念にかられたり、悔しがっているようには見えなかったぜ」

卯之吉はカラカラと笑った。まったく邪気のない顔つきであった。

「ともかくだな」

朔太郎は胡座《あぐら》をかき直した。

「権七郎は卯之さんが担ぎ上げた殿サマだぜ。ここは卯之さんがどうにかしなくちゃなるめぇよ」

「えっ？　どうしてそういうお話になるんですかえ？」

「どうしてって、お前ェさんが本多出雲守様まで動かして、権七郎を坂上家の当主に押し込んだんじゃねぇか」

「はぁ……？　そういうことになるのですか」

「坂上家に不行跡があったってことが表沙汰になってみろィ。出雲守様のご面目《めんぼく》にまで傷がつくぜ」

「それは困りましたねぇ。出雲守様が老中職を退かれたりしたら、出雲守様にベッタリ張りついている三国屋まで共倒れしかねませんよ」

「出雲守様の政敵が柳営で実権を握ったりしたら、三国屋への風当たりは途端に厳しくなるってもんだ」

「それはいけませんねぇ」

「そう思うんならどうにかしろよ。金貸しは卯之さんの本業だろう」

「まさか」

卯之吉は笑って手を振った。

「あたしの本業は遊蕩ですよ」

「おいおい。嘘でもいいから『同心です』って言いやがれ」

朔太郎は渋い顔になり、卯之吉は上機嫌に笑った。

「まぁいいです。その話はここまでとして、さぁ、飲みましょう飲みましょう」

「どこまでお気楽にできてるんだよ」

朔太郎は呆れながら、卯之吉の酌を受けた。

三

同じ時刻。番町にある細倉左門《ほそくらさもん》なる旗本の屋敷を、天満屋が一人で訪れていた。

細倉左門は禄高千二百石の目付である。目付とは幕府の旗本の行跡を検《あらた》める監察官だ。目下のところ細倉は、坂上家の金貸しの問題に関わっていた。

天満屋は暗い座敷に一人で座っている。障子は開け放たれ、冬の庭をよく見通すことができた。

障子が開け放たれているのは〝人に聞かれて困る密談などは何もしておりませんよ〟と世間に示すためである。目付は清廉潔白で公平無私でなければならない。何事につけ、杓子定規《しやくじじようぎ》に振る舞うことを強いられている。道を歩く時も真っ直ぐ歩いて、道の角では直角に方向を変えねばならない、などとされていた。

細倉左門が座敷に入ってきた。さすがに寒そうにしている。床ノ間を背にして座ると、横に置いてあった火鉢に片手を翳《かざ》した。

天満屋は深々と低頭した。

「夜分、お寛《くつろ》ぎのところへ押しかけて参りまして、申し訳次第もございませぬ」

「それがわかっておるのなら遠慮をせぬか」

細倉は仏頂面で答えた。

天満屋は顔を上げると不遜《ふそん》にも微笑んだ。

「さりながら、昼間ではいささか、申し上げにくいことでございまして」

細倉は「フンッ」と鼻を鳴らす。

「坂上様のことか」

坂上家は七千二百石なので、敬称をつけて呼んだ。しかし、目下のところは千二百石の細倉左門が、坂上家を断罪する立場だ。

「いかにも左様にございまする。その後、坂上様へのお仕置きはいかに」

「坂上家に金を借り、高利で苦しめられたと証言する旗本、御家人は枚挙に暇《いとま》もあらずじゃ。まずは、言い逃れはできまいの」

「左様で」

「なれど、坂上家は代替わりをしたばかり。ご当代の権七郎様はいまだ若年。しかも外で育てられたこともあり、この一件に関わりのないことは明らかじゃ」

「ほう」

「さらに申せば、権七郎様の家名継承を後押ししたのは本多出雲守様。出雲守様のご面目もあり、厳しい処分は下しかねる」

「そこをどうにかなりませぬか」

「どうにかと言われても、わしとて出雲守様に睨まれたくはないわ」

細倉左門は不機嫌に横を向いた。天満屋はその膝の前に、袱紗《ふくさ》包みをそっと押し出した。途端に左門の顔の向きが変わった。

「なんじゃ、これは」

天満屋は意味ありげな顔つきで頷いた。

「権七郎様を是非とも断罪していただきたい――左様に願う御方がいらっしゃいます。その御方より預かってまいりました金子にございまする」

「ふん」

細倉は興味なさそうに鼻など鳴らして見せたが、それでいて視線はチラチラと袱紗のほうに向けている。

「どこの何者が、権七郎様を追い落とそうとしておるのじゃ」

「それは申し上げられませぬ」

「今申したとおり、権七郎様の後ろ楯は本多出雲守様じゃ。切腹や改易の処分を下すのは難しいぞ」

「左様でございますなら、その中間を取ってはいかがかと」

「中間？」

「甲府勤番など、いかがでございましょう」

「山流しか」

「甲府勤番であれば、表向きには、ひとつの役職へのご就任。ご老中様のご面目には傷が付かぬことと愚考つかまつりまする」

「町人風情に言われるまでもない」

細倉は憤然と吐き捨ててから、天満屋に問い質《ただ》した。

「お前の依頼主は、権七郎様を山流しにするだけで満足するのか」

「ご満足にございまする」

「わかった」

細倉は即座に腕を伸ばすと、袱紗包みを鷲摑《わしづか》みにして懐に入れた。

「坂上権七郎様は山流しだ。わしがそのように運んでくれよう」

「まことに頼もしきお言葉」

天満屋は恭しげに平伏した。


翌朝、二日酔いで痛む頭を抱えながら出仕した卯之吉は、南町奉行所に着くやいなや、内与力の用部屋へと向かった。

用部屋では沢田彦太郎《さわだひこたろう》が、青黒い顔をして書状の山と格闘していた。

「やっぱりいなさった。沢田様、おはようございまする」

沢田は書状の山の向こうで、鶴のように細い首を伸ばして卯之吉を見た。

「なんじゃ、お前か」

卯之吉はニコニコと微笑みながら、許しも得ていないのに用部屋の中に踏み込んだ。

「こんな朝早くからお務めでございますか。内与力という偉いご身分なのに、働き者でいらっしゃいますねぇ」

「何が朝早く――じゃ。もう四ツ（午前十時頃）ではないか」

町奉行所の始業時刻は四ツなのだが、その前に支度《したく》というものがある。こんな時間にノコノコと出仕してくる同心は卯之吉ぐらいのものだ。

卯之吉は一向に意に介した様子もなく、スルスルと膝を滑らせて沢田に近寄った。

「沢田様、坂上様の無尽講にまつわるお話は、もうお耳に届きましたか」

あっけらかんと訊ねると、途端に沢田の顔つきが変わった。

「どこからその話を聞きつけた！」

「はい？」

卯之吉は呑気《のんき》に薄笑いまで浮かべながら答えた。

た。

「ええと、まぁ、どこからともなく」

朔太郎の名を出すのは拙《まず》いかも知れない、と、卯之吉なりに考えてごまかし
た。

沢田はサッと立ち上がると急ぎ足で障子に歩み寄り、ピシャリと閉めた。

「そのような大事、軽々《けいけい》に口にするではない！」

振り返って叱りつける。

卯之吉は「はぁ」と、惚《とぼ》けた顔つきで答えた。

「坂上様は七千と何百石もの御大身。おまけに権七郎様への御代がわりでは本多出雲守様のお口添えまで賜っていますね。そんな御家の悪行が世に知れ渡ったら大変なことになる——と、このようにお考えなのでございますか？」

沢田は「キーッ」と歯を剝《む》いて怒った。

「わかっておるなら、それを口から出すな！」

ドスドスと足音を立てて戻ってきて、机の前に座った。

「事は、出雲守様の御進退にも関わる大事ぞ！」

「また大げさな——」

「大げさではないッ」

沢田は顔を寄せてきて、早口の小声で続けた。

「そもそも、権七郎様の代替わりの際に、出雲守様を引っ張りだしたのはそなたではないか！」

「はぁ。でも、あの時はあの時で、そうでもしなければ坂上様の御家の悪事を揉《も》み消すことができないと考えたものですから」

なにしろ、旗本の家来たちが、自分の家の跡継ぎを殺しかけたという大騒動であったのだ。南町奉行所の手には余る。

「それはわかる。それはわかるが、しかし、出雲守様のおためにならぬ事態を招かれては困る」

沢田はイライラとして、茶碗に手を伸ばしたり、それを飲まずに置き直したりした。

「坂上家の無尽講に係わる悪事は、なんとしても、表沙汰にならぬうちに始末せねばならぬのじゃ」

「どうするのです」

「揉み消しじゃ。まずは、坂上様の御家と組んで私腹を肥やしておった金貸しを捕らえねばならぬ」

「ほう。そんなお人が一枚嚙んでおられましたか」

「金はあってもお旗本には商売の勘どころはわかるまい。金の貸し付けや借金の取り立ては、本業の者に任せねばなるまいぞ」

「なるほど」

「無論のこと、坂上家にあって金貸しと手を組んでおった者もわかっておる」

「どなたです？」

「もはや坂上家より外へ出されておる」

はっきりとは答えず、沢田は、仄《ほの》めかすにとどめた。しかし空気を読まぬ卯之吉は、はっきりとその名を出した。

「英照院様のことですね！」

沢田が「キーッ」と目を剝く。

「迂闊に口に出すな！」

「はは」

卯之吉は形だけ低頭した。沢田は細い腕をこまねきながら、考え考えしている。

「かの後家は尼寺に預けられた。そもそもこの処遇からして、一種の刑罰と言える。すでに罰せられ、坂上家より出された者を、更めて処罰するのも、また難しい」

英照院の身分は世俗を離れて、寺院の所属する宗派に移されたのだ。

「有体《ありてい》に申せば〝支配が変わった〟ということじゃ。上方《かみがた》の本山に寺社奉行所が掛け合って、英照院の身柄を引き渡してもらわねばならぬのだが……」

「どうなさいました」

「上方の大寺院は東国の武家政権を快く思っておらぬ。なにかと面倒な話となるから、寺社奉行様も腰が引けておられるのだ」

「つまり、英照院様を詮議することはできない、と？」

「そういうことじゃ。大僧正様などという、偉い坊様の袖で隠されてしまったら、もはや誰にも手は出せぬ」

「左様で」

「とはいえ、手をこまねいていても始まらぬ。そこで、我らの手で捕らえることのできる者を、捕らえねばならぬのだ」

「それが金貸しのお人、ってことですかえ」

「そうだ」

沢田は卯之吉の顔を凝視した。

「そなたは……」

「はい？　なんです、そんなおっかないお顔をなさって」

沢田は、慌てて首を横に振った。

「いや、そなたは札差の家に生まれたが、金貸しなどは務まりそうにないな、と思ってな……」

「おや、沢田様も利殖で儲けたい口でしたか。それなら三国屋の心利いたる番頭をお貸ししますけれども」

「馬鹿を申すな！　誰も金を増やしたいなどとは言っておらぬ。それになんじゃ、御法度《ごはっと》の金貸しを唆《そそのか》すようなその物言い！」

「いつも奉行所の資金繰りでお悩みのご様子でしたので、沢田様のお役に立ちたいと……」

「いらぬ世話じゃ。そんなことを言いたかったのではない！」

「では、なんでございましょう」

「そなたの実家は江戸一番の札差で高利貸しでもある。金貸し仲間にも顔が通じておろう」

「はて。どうでしょう」

「通じておるはずじゃ。そこでそなた、実家に戻って質して参れ。徳右衛門ならばきっと、我らの知らぬことにも通じておるはずじゃ」

「はい」

卯之吉は素直に頷いた。徳右衛門なら知らぬことは何もないと信じていたからだ。

沢田はお調べ書きを引っ張りだして捲《めく》った。

「あった。これじゃ。坂上家と手を組んで不法な無尽講に手を染めておったのは、本石町《ほんこくちょう》の白金屋庄兵衛なる金貸しじゃ」

「本石町？　それならさっそく駆けつけて問い質せばよろしゅうございましょう」

「言われずともやっておる。本石町の店は蛻《もぬけ》の殻《から》じゃ」

本石町は、江戸城、大手前の廓から常磐橋を渡ってすぐのところにある。有数の町人地だ。南町奉行所からだと半里（約二キロメートル）ほどしか離れていない。捕り方の足なら走ってすぐだ。

「とにかくじゃ。白金屋庄兵衛なる金貸しを捕らえて引き連れて参れ。その者を捕らえぬことには揉み消しもかなわぬからな」

「なるほど、左様で」

「命じられたらすぐに立つ！　のんびりしていないで走る！　さぁ行け！」

喝を入れられて慌てて卯之吉は立ち上がった。

「それでは、三国屋に参じてまいりまする」

卯之吉は用部屋を出て行った。その後ろ姿を見送りつつ、沢田はため息を漏らした。

「そんなことまでわざわざ教えてやらねばならぬとは」

沢田の悩みは尽きない。

四

卯之吉は、市中に借りている隠れ家で、豪商の放蕩息子らしい身形に着替えた。髷も、たぼを大きく取った形に結い直す。

武士の髷と町人の髷は形が異なる。武士の髷は横鬢《よこびん》をキュッと引き絞るので、自然と精悍《せいかん》な顔つきになる。町人は緩く髷を結うので、目尻など垂れた柔らかい顔になる。卯之吉などは悪く言えば腑抜けそのもの、良く言えば春風駘蕩《たいとう》たる容貌になるのだ。

「刀を差さずにすむってのは、気が楽でいいねぇ」

などと漏らしながら、片手の巾着《きんちゃく》袋を振り回しつつ、日本橋室町《むろまち》にある三国屋へとむかった。もちろんお供は銀八である。遊び人の若旦那と、お付きの幇間《ほうかん》にしか見えない姿だ。


「白金屋庄兵衛？」

徳右衛門は首を傾げた。

「はて？　そのような者は、高利貸し仲間にはおりませぬが……」

金貸しの世界にも、座や株仲間と呼ばれる同業者組合がある。

卯之吉は、最上の座敷の床ノ間を背にして泰然と座り、下座に控えた自分の祖父を見おろした。

「ということは、もぐりの金貸しさんなのでしょうかねぇ」

徳右衛門は自信ありげに頷いた。

「江戸の金貸しで、手前の耳に入らぬ者はおりませぬから、株も持たずに稼業している闇の者に相違ございますまい」

商売の株は幕府が発給し、株仲間が管理している。米屋も魚屋も呉服屋も、江戸市中で店を構えている限り、株を持っていないということはなかった。

「それは困った」

「どうかなさいましたか」

卯之吉は、事の次第を徳右衛門に語って聞かせた。

徳右衛門は仰天した。

「も、もしも出雲守様が柳営を退かれるようなことになれば……、手前どもの店も大きな痛手でございますよ！」

出雲守の失脚は三国屋にとっては致命的だ。卯之吉は祖父の顔を見つめ返した。

「そうならないように、あたしと沢田様とでですね、揉み消しをやっているのですがね」

徳右衛門がアタフタと膝行《しっこう》してきて卯之吉の両手を握った。

「八巻様！　なにとぞこの三国屋をお救いくださいませ！　頼りといたしておりまするは、八巻様のお力にございまする！」

などとすり寄ってきて、目には涙まで浮かべる始末だ。

（お祖父様《じい》は、あたしが役立たずの放蕩者だと知っておられるはずですがねぇ）

商人にも職人にもなることのできない役立たずだから、武士階層に養子に出したのではなかったのか。武士は一生涯、家禄や扶持米《ふち》を支給され続ける。一生食いっぱぐれはない。そう考えて同心株を買ったのだ。

（お祖父様まで、あたしのことを、南町奉行所一の辣腕同心だ、などと信じていらっしゃるわけでは、ございますまいねぇ）

この世の中、おかしなことばかり起こる、と、もっともおかしな人物であるはずの自分のことは棚に上げて、そう思った。

五

卯之吉は三国屋を出た。羽織の袂《たもと》には二十五両の包金が入っている。「どうか三国屋をお救いいただきたく……」と口上を述べながら徳右衛門が、三方《さんぼう》に山と積まれた包金を押し出してきたのだが、一度にこんなに持って歩いたら重たくて仕方がない。残りは八丁堀の屋敷に届けてもらうことにして、一摑みだけ、袂に入れてきたのだ。

「さて、どうしようかねぇ」

何を考えているのか、多分なにも考えていないのだろうけれども、考えているような素振りで空など見上げた。

「お祖父様が知らないとなると、これは相当の難事ですよ」

銀八が後ろから声を掛けた。

「闇の金貸しってことなら、赤坂新町《あかさかしんまち》の親分にお訊ねになればどうでげすか」

卯之吉は振り返った。

「荒海《あらうみ》の親分さんかい」

「へい。蛇《じゃ》の道は蛇《へび》でございますよ。きっと闇の金貸しに通じていらっしゃるに違ぇねぇでげす」

「なるほどねぇ」

などと言い交わしていたその時、

「おい、八巻氏《うじ》」

野太い声で名を呼ばれた。目を向けると、大路の真ん中に、やけにむさ苦しい、真っ黒な男が立っていた。

「これは、水谷《みずたに》先生じゃございませんかえ」

剣客浪人の水谷弥五郎《やごろう》が、生まれつき険しすぎる面相に、精一杯の愛想を浮かべてこっちを見ている。

六尺豊かな巨軀《きょく》を、古びて痛んだ小袖と袴で包んでいる。大髻《おおたぶさ》には油も使っておらず、無造作に結い上げただけ。月代も髭も黒々と伸びていた。

ここ、室町は日本橋の北の橋詰。江戸でも有数の商家が集まっている。華やかな町人地に相応しい姿ではまったくない。

「いったいなんの御用が？　ああ、三国屋の用心棒ですか」

水谷は商家や賭場の用心棒などで生計《たつき》を得ている。しかし水谷は、「いいや違う」と首を横に振った。

「貴公を探しておったのじゃ。南町奉行所にも八丁堀にもおらぬのでな。きっと三国屋に相違あるまいと当たりをつけて出てきたのよ」

「ハァ。ご明察のとおりでございましたねぇ。で？　あたしになんの御用です？」

問わずとも、うらぶれた身形から察することができそうなものだが、そこを察することができないのが、卯之吉という男だ。

水谷は柄にもなく含羞《がんしゅう》を滲ませた顔つきで、モゴモゴと喋る。

「いや、なに、その……、たいした用件でもないのだがな、日頃世話になっておる八巻氏だ。拙者に何ぞ、役に立てることはないかと思ってだな……」

水谷弥五郎はこれまでにも何度か、同心八巻卯之吉の手下《てか》として働いて、礼金を受け取ってきた。以前にもらった金は使い果たし、そろそろ次の仕事を——などと考えているのに違いなかった。

「ああ、そうそう」

水谷の惨めな身形を見て、卯之吉の脳裏に閃《ひらめ》いたことがあった。

「水谷様は、白金屋庄兵衛っていう金貸しに、お心当たりはございませんかね」

いかにも金貸しに知り合いの多そうな水谷弥五郎なのである。

ところが水谷は、憤然として首を横に振った。

「拙者、こう見えても武士である！　借金などという恥ずべき真似《まね》は金輪際——ではない、いまだかつて一度もいたした覚えはない！」

「なにをそんなにお怒りですかね」

今どきの武士で借金をしたことのない者などいない。世に隠れもなき大大名までもが、こっそりと借金を頼みにやってくる。卯之吉は子供の頃からそういう光景を見て育った。

しかし、借金まみれだからこそ「借金をしています」とは恥ずかしくて言えないのだ。そんな人情に卯之吉が通じていないというだけの話である。

「あたしは、白金屋庄兵衛っていう金貸しの御方を探しているのですよ」

「なんと！　して、なにゆえ？」

「事情はわけあって言えないんですがね。その白金屋さんはもぐりでございましてね。居場所がわからぬのです」

「なるほど、居所を突き止めれば良いのだな」

水谷は俄然《がぜん》、意気込みを見せた。卯之吉は、礼金だけはおそろしく弾んでくれる男だ。手先となって働いて損はない。

「ようし、その仕事、引き受けたぞ！」

「左様でございますか。さっそくの色好《いろよ》いお返事、心強い」

と、そこへ、

「若旦那！」

軽やかな声をあげながら、ド派手な振袖の若衆が走り寄ってきた。売れない端役の歌舞伎役者であり、普段は陰間《かげま》茶屋で生計を得ている由利之丞《ゆりのじょう》だ。

「やっぱりこちらにいたんだね。弥五さんと二人で探していたのさ」

由利之丞も金に窮すると、卯之吉を頼りにする。

弥五郎は、人斬り剣客浪人の異名もどこへやら、コンニャクのようなふやけた笑顔を由利之丞に向けた。

「喜べ。お役にありついたぞ」

「それは良かった」

水谷弥五郎は稼いだ金のほとんどを愛する由利之丞に捧げてしまう。由利之丞はその金を思う存分に使い果たす。だからいつでも二人揃って貧乏暮らしだ。

卯之吉は二人を見て言った。

「それじゃあ本石町に行ってみましょうかね。白金屋さんのお店があるはずの場所ですよ」

「おう」

「行こう行こう」

ということで四人連れになってゾロゾロと、本石町へ向かった。


「あれは……八巻ですぜ！」

天水桶の陰に身をひそめていた男が、顔を引きつらせながら叫んだ。

「おう、どいつだい。良く見せねぇ」

もう一人の男が顔を出した。前にいるのは二十歳そこそこの若い者で、後ろにいるのは三十過ぎの中年だ。若い方は痩身の色白で、そう悪くもない面相の持ち主。後ろの男は鼻が潰れた醜い顔で、肌の色は酒の飲み過ぎだろうか、青黒い。背は低いが肩幅の異常に広い体軀であった。

どちらも悪党に特有の酷薄そうな顔つきで、どうやら兄貴分と弟分であるようだ。

弟分の色男が小声で囁く。

「派手な振袖を着ているのが八巻ですぜ」

「なんだと」

色黒の男は顔をしかめた。

「やい才次郎《さいじろう》、手前ェ、しっかりと物を見て言いやがれ。あの色小姓みてぇな野郎が、人斬り同心の八巻だってのかい」

「政二《せいじ》兄ィ、信じられねぇのも仕方がねぇ。だけどよ、オイラは前に吉原で野郎のツラを拝んでいるんだ。間違いねぇよ。あれが八巻だ」

政二は、醜い顔をさらにしかめた。

「あんな華奢《きやしや》な手足をした野郎が、どうして剣客なんかであるもんか」

「野郎は居合斬りの達人なんだ。どんな豪傑だろうと、相手に抜く暇も与えねぇ。目にもとまらぬ早業で、バッサリやって、それきりだって噂ですぜ」

「なぁるほど。居合だってのなら話はわからねぇでもねぇ。しかし、なんだって色小姓みてぇな格好で出歩いていやがるんだ」

「それが野郎の付け目さ。八巻のお得意は追剝殺《おいはぎ》しだ。手前ェ自身を餌に使って、薄っ暗い所を流し歩いては、襲いかかってくる辻斬りどもを返り討ちにしていやがる、って話ですぜ」

「畜生、娘っ子みてぇなツラをして、しゃらくせぇ真似《まね》をしやがる」

政二はさらに目を凝らした。

「もう一人の若造は誰でぇ」

才次郎が答える。

「あっちのは三国屋の若旦那じゃねぇのかと。番頭どもに見送られて三国屋から出て来やがったから間違いねぇでしょう」

「なるほど、金のかかった着物を着ていやがるな。するとあの浪人者は三国屋の用心棒かな」

「そんなところじゃねぇのかと……」

「おい、あいつら、連れ立ってどこかへ行くようだぜ」

二人は天水桶の陰から出た。

「追うぜ、才次郎」

「合点だ」

二人は四人の後をつけ始めた。

第二章　拝命、隠密同心

一

「なんだい。室町とは目と鼻の先じゃないか」

本石町に入るなり、由利之丞がそう言った。

卯之吉は通りに面した商家のたたずまいを眺めている。

「さすがに大手前に近いだけあって、お大名家御用達の商人衆が多いねぇ」

この辺りには、徳川家康に従って江戸に乗り込んできた〝草分け町人〟も多く住んでいる。

「こんなところで、闇の金貸しを営んでいたんですかねぇ？」

後ろめたい稼業とは不似合いな町だ。

「さて、白金屋さんの店を探さなくちゃならないんだけど――」

自身番に目を止めた。

「あそこで訊《き》いてくることにしよう」

足を向けようとすると水谷弥五郎に止められた。

「八巻氏は番屋の者に顔を見憶《みおぼ》えられておるかも知れぬ。その身形《みなり》で乗り込むのはまずいぞ」

卯之吉は「なるほど」と頷いてから、訊ね返した。

「では、水谷様にお願いできますかね」

水谷は渋い顔をした。

「わしは見てのとおりの浪人者だ。番屋などには近寄りたくもない」

浪人は、場合によっては無宿者の扱いを受ける。うっかりすると人足寄場に送られてしまうおそれがあった。

「じゃあ由利之丞さん」

「オイラもお断りだよ」

芝居者は、お上から〝風紀を乱す〟と嫌われ、憎まれている。やはり番屋には近づかないほうがよい身分だ。

「それじゃああっしが」

と、銀八がガニ股の滑稽な足どりで自身番に乗り込んで行った。しばらくしてから切ない顔つきで戻ってきた。

「酷《ひど》い目にあいましたでげす。どうやら白金屋庄兵衛さんは、この界隈《かいわい》ではちっとばかり知られた札付きのワルみたいでげすな。『いってぇ野郎になんの用だ、お前も仲間か』ってんで、えらい剣幕で締め上げられたでげすよ」

「それでどうしたい」

「下手をしたら牢屋敷に送られちまいそうな勢いでして。そうなっちゃかなわねぇもんで、仕方なく『あっしは南町の同心様の手下《てか》だ』って答えやした。そうしたら、『町方の旦那が手前ェみてぇな幇間《ほうかん》を連れて歩くもんか』って、もう、悪党の一味に決めつけられたような塩梅で」

「それで？」

「しょうがねぇから奥の手だってんで『八巻様の手下だ』って名乗りやした」

「そうしたら？」

「『ああ、お前ェさんが役立たずと評判の……』『八巻様も物好きが過ぎるって噂の……』ってぇ具合に納得されて、無罪放免となりやした」

「なんだそれは」

思わず声を上げたのは水谷だ。

卯之吉は含み笑いを浮かべながら訊ねた。

「それで、肝心の、白金屋庄兵衛の店はわかったのかい」

「そりゃあもう、あっしに任せれば手抜かりナシ。ちゃんと訊き出して来たでげすよ」

銀八は誇らしげに胸を張った。

「本当に呆れた男だな」

心底から呆れはてた顔つきで、水谷はそう言った。


「ここが白金屋さんかい」

卯之吉が長屋の木戸口を見上げた。

木戸には、その長屋に住む者の名と稼業が張り出してある。

「ふん、確かに庄兵衛さんとある。でも高利貸しだとは書いてないね」

「裏稼業であろうからな」

卯之吉は水谷に「なるほど」と答えてから木戸をくぐった。井戸端で五、六人ほどの女房たちが賑やかに喋りあっている。

銀八が先に進んで、洗濯をしていた四十歳ばかりの古女房たちに、庄兵衛の部屋を訊ねた。

「わっ、なんだい、お前さんがたは！　あの悪党の仲間かい！」

古女房の一人が、人相の悪い水谷に怯《おび》えながらそう言った。

「やれやれ、本当に評判の悪いお人ですね、庄兵衛さんは」

卯之吉が呟《つぶや》いた。

「それどころではないぞ。騒がれて役人など呼ばれては面倒だ」

沢田が出した捕り方も来ているはずで、その喧騒も覚めていないのに違いない。水谷が急いで前に出た。

「我らは南町の同心、八巻氏の命を受けて参った者だ」

「えっ」

女房たちの顔つきが一変した。

「八巻様の子分さんたちなのかい？　それで、八巻様はどこにいらっしゃるんだい？」

南町の八巻は、江戸三座の看板役者にも劣らぬ美貌だと、江戸中の女たちは、老いも若きも噂している。評判の美貌をこの目で見ようと一斉に色めきだった。

「八巻氏は来ておらぬ！」

激昂《げきこう》する水谷には目もくれず、その背後にいる由利之丞や卯之吉に目をつけた。

「おやまぁ、子分さんたちもたいそうお美しいねぇ……」

今にも、舌なめずりしながら、襲いかかってきそうな形相だ。

「ばっ、馬鹿者！」

水谷が慌てて女たちの前に立ちふさがった。

「無礼な物言いは許さぬぞ！　ええい、庄兵衛の部屋はどこだ！　早く教えろと申しておるのに！」

女嫌いの水谷の、冷汗まみれの奮戦の甲斐《かい》あって、一行は、庄兵衛の部屋を教えてもらえた。

「やれやれ、ここか」

水谷が障子戸を開ける。卯之吉が中を覗きこんだ。

「おや、これは……」

土間に踏み込み、中の様子をまじまじと見つめる。

「ここで暮らしている形跡がございませんね」

長屋は一段高い板敷きになっている。畳は敷かれていない。茣蓙《ござ》など広げて畳の代わりにするのであろうが、

「茣蓙も布団もございませんね」

厳しい寒さが続いている。敷布団も掻巻《かいまき》もなくては寝ることもできないはずだ。

銀八は竈《かまど》を覗きこんでいる。

「古い蜘蛛《くも》の巣がかかっているでげすよ。秋からこっち、火を入れた様子はねぇでげすな」

冬に巣をかける蜘蛛はいない。

水谷弥五郎は太い腕を組んだ。

「つまり……、どういうことだ？」

井戸端の女房たちが興味津々、こちらを見ている。水谷は女房たちに訊ねた。

「庄兵衛が最後に帰って来たのは、いつのことだ」

女たちの中の頭分《かしらぶん》らしい、太った女が答えた。

「さぁてねぇ？　これまでだって、帰って来ているのか、いないのか、はっきりしない男でねぇ」

嘘はついていないらしく、他の女房たちも一斉に頷いた。

「何日も戻らないと思ったら、今度は毎日閉じ籠もりっきりでねぇ」

「そうそう。昼間ッから酒ばかり飲んでいたよ」

「ほんと、気持ち悪いったらないよ、ねぇ？」

口々に庄兵衛を罵って、最後に皆で頷き交わした。

「飯は外で済ませていたようだな。行きつけの店は知っておるか」

太った女房が首を傾げながら答える。

「博打場に入り浸って、賄《まかな》い飯を食ってるって噂だったけど」

「なるほどな」

博打場では客人に酒や食事を給する所もあるのだ。


四人は長屋の木戸を出た。

「まったく手掛かりは得られなかったですねぇ」

卯之吉は、なんの痛痒《つうよう》も感じていないような、呑気《のんき》な顔と口調で言った。

水谷は「ふん」と鼻を鳴らした。

「裏稼業の金貸しならば、悪党どものほうが良く存じておるはず。おまけに博打好きのようだ。わしが用心棒として出入りしている賭場で訊ねてみよう」

「是非ともお願いいたしますよ」

卯之吉は袂《たもと》から例の包金、二十五両を掴《つか》み出すと、水谷の手に握らせた。

「うわっ、そんなに！」

目を丸くしたのは由利之丞だ。

卯之吉にしてみれば、本多出雲守と坂上権七郎の窮地を救うためであるから、金など惜しむものではない。それに元々、金の価値というものを理解していない男なのだ。

「それでは頼みましたよ」

卯之吉は二人に別れを告げた。


四人の様子を、政二と才次郎が物陰から執念深く見守っている。今度は商家の前に置かれた大八車の後ろから首をニュッと突き出していた。

「あいつら、二手に分かれやがった」

政二が毒づいた。

「兄ィ、どうしやす」

「放蕩《ほうとう》息子を追ったって仕方がねぇ。八巻を追うぜ」

「へい」

二人は大八車の陰から出た。

「それにしても、白金屋の塒《ねぐら》をすぐに突き止めるたぁ、なかなかのもんだ」

政二は卯之吉を好敵手と見て取って、不敵に笑った。

一方の才次郎は、整った白面を不安そうに引きつらせている。

「八巻の眼力は、千里眼とも神通力とも言われておりやす。まったく油断がならねぇ」

「どうした手前ェ、ブルっちまったのかよ。そんなことじゃあ天満屋の元締に顔向けできねぇぞ」

「ち、違うぜ、これは武者震いってヤツだ」

そんなこんな言い合いながら追っているうちに、大川を渡って川向こうの、やや、寂しげな場所に出た。

「八巻め、川向こうなんかにやってきて、いったいなんのつもりだ」

政二が首を傾げた。

単に、水谷の塒と、由利之丞が勤める陰間《かげま》茶屋が本所や深川にあった、というだけの話なのだが、二人は由利之丞こそが八巻の変装だと信じている。

大川を越えると江戸市中の喧騒も途切れる。川面を渡る風が柳の枝を揺らすばかりだ。

水谷弥五郎は、ふいに足を止めた。振り返って、鋭い眼光を放った。

「どうしたんだい、弥五さん」

由利之丞が不思議そうな顔をして質《ただ》した。

「見つかった……！」

政二と才次郎は急いで土手の草むらに身を伏せた。だが、この程度で八巻と、その手下らしい浪人の目を誤魔化すことができたとは思えなかった。

「逃げろ、逃げろ」

政二は手で才次郎を押しやった。才次郎は言われる前に身を翻《ひるがえ》して、草むらの中を走り出した。

（逃げたか……）

水谷は遠ざかる曲者《くせもの》の気配に耳を澄ましながら、総身の緊張を解いた。

「どうしたんだい、そんな恐い顔をして」

由利之丞が愛らしい顔を向けてくる。やや不安を感じているようだ。

弥五郎は、可愛い由利之丞を怖がらせてはなるまい、と思い、

「気のせいだろう」

と、あえて答えた。

「なんだい、気のせいかい」

由利之丞は深く考えもせずに頷いた。

「それよりさ、弥五さん。せっかく前金を頂戴したんだ。オイラの見世《みせ》で一杯やっていってくれるよね」

「おう。そうだな」

水谷弥五郎も大の酒好きである。それ以上に由利之丞が大好きである。楽しい酒宴を想像しただけで、剣呑《けんのん》な凶事など頭から吹っ飛んでしまった。

(何者かは知れぬが、どうせ逃げたのだ)

そんな雑事に惑わされるより、今は思い切り楽しむべきなのだ。

「ようし、飲むぞ」

二人は楽しそうに肩を寄せ合いながら、陰間茶屋へと向かった。

二

その日の夕刻、赤坂新町の俠客、荒海ノ三右衛門《さんえもん》が、腹心の寅三《とらぞう》を引き連れて、卯之吉の屋敷にやってきた。銀八の報《しら》せを受けて、急ぎ走ってきたのである。

「ああ、おやぶ——じゃなかった、三右衛門、わざわざ足を運ばせてすまなかったねぇ」

台所口に出てきた卯之吉が綺麗な所作で板の間に正座しながら言った。

「とんでもねぇ」

三右衛門は顔の前で手を振った。

「あっしは旦那の一ノ子分でございやすぜ。親分に呼びつけられたら、どこまでもスッ飛んで行くのが子分ってもんでさあ」

卯之吉は「うん」と頷いた。

「よんどころない事情ができちまってねぇ。ま、立ち話もなんですから、座敷に上がってくださいましよ」

二人に上がるように言って、奥の座敷へと先に歩んでいった。

足を濯《すす》いで足袋も履き替えた二人は、すぐに座敷にやってきた。

「御免なすって」

一旦は廊下で正座した二人だったが、

「そこじゃあ話が遠いよ」

と卯之吉に言われて、おずおずと座敷に入ってきた。

「旦那とおんなじ畳に座るなんて、恐れ多い話でさぁ」

寅三と二人で恐縮する。

美鈴《みすず》が茶を淹《い》れて運んできたが、その茶托《ちゃたく》には手をつけずに、三右衛門が訊ねた。

「それで、今回のご下命《かめい》は、いってぇどんな話なんでございましょう」

「ご下命というのかねぇ……まぁ、相談事なんだけれど」

卯之吉は、権七郎が家督を相続して早々に、英照院の悪事の尻拭いをさせられる羽目になった話を告げた。

「あの女形《おやま》野郎——じゃなかった、旗本のお殿様が、そんな御苦難を押しつけられちまったんですかい」

「そうなのさ。権七郎様が御家の家督をご相続なさった時には、あたしもなんだか行き掛かりで、それなりのお世話をさせてもらったじゃないか」

老中を動かすことを〝それなりのお世話〟と言って許されるのであれば、そのとおりなのだろう。もっとも三右衛門は、卯之吉がそこまでの大仕事をしたとは思っていない。「へい」と答えて頷いただけだ。

「まぁ、そういう話なのでね、まんざら捨てておくわけにもいかない、ってことになっちまったのさ」

卯之吉にとっては、七千二百石の旗本も、老中本多出雲守も〝まんざら捨てておくわけにもいかない〟という程度なのである。どこまでも呑気な――よく言えば懐の大きな――男なのであった。

「なるほど左様で」

幕府の内情などよくわからない三右衛門は、良くわからないなりに頷いた。

「そこでだ。坂上様の御家と手を組んで、不正に金貸しをやっていた、白金屋庄兵衛ってお人を見つけ出さなくちゃならなくなった」

「白金屋庄兵衛」

「うん。本石町の裏長屋で高利貸しを営んでいたそうなんだが、その長屋にはほとんど帰っていなかった様子だ。きっとどこかに別の根城を持っていたのに相違ないね」

「なるほど、用心深《ぶけ》ぇ悪党ですな」

「そこでどうだろう。その高利貸しに心当たりはないだろうかねぇ？」

三右衛門は腕を組んで考え込んだ。

「さぁて……。悪党の名前《なめ》ぇなんてもんは、あってねぇようなもんですからね。仕事のたびに名前ぇを変える野郎も珍しくはねぇんで」

「なるほど」

「ですがね」

三右衛門は両目をギラリと光らせた。

「裏街道のモンは、みんな横でつながっておりやす。いくら名前ぇを変えようとも、悪事を働く時の癖から、それと知られちまうもんなんで」

「ほう」

「お旗本の御家と手を組んで、金貸しを請け負う野郎なんて、滅多にいるもんじゃねぇし、滅多にできる仕事でもございやせん。きっと探し出してご覧にいれやすぜ」

「ああ、心強いねぇ」

三右衛門はサッと頭を下げた。

「ありがてぇお言葉でござんす」

卯之吉は手文庫から小判を掴みだした。今日の昼過ぎ、三国屋の番頭が運んできて、美鈴がつききりで番をしていた金である。

「それじゃあこれで、頼んだよ」

またしても驚くような大金を押しつけようとする。三右衛門は慌てて退いた。

「先日お預かりした小判だって、まだ使い切っちゃおりませんぜ！」

「まぁいいから。持っていっておくれよ」

卯之吉にすれば、ここに置いておいても邪魔になる、ぐらいの気分だ。

「まぁ、なんだ、七千二百石のお旗本をお救いしようってぇ大仕事だ。せいぜい派手に行こうじゃないか」

「へい、左様で」

三右衛門とすれば、町方同心がこんな大金を持っているわけがないのであるから、この金は坂上家から出た依頼金だと理解した。

（さすがは旦那だ！　旗本の殿様が『是非とも頼む』と、こんな大金を預けていきなさったんだな。まったくてぇしたもんだ。オイラの旦那は江戸一番の同心様だぜ！）

などとまたしても勘違いをして、勝手に一人で感動した。

「それじゃあ早速にも、兄弟分たちに回状を出しやす。いずれどこからか『心当たりがある』ってぇ返事が返ってくると思いやすので、それまでちっとばかしのご猶予をお願いいたしやす」

「うん。頼んだよ」

三右衛門たちは帰って行き、卯之吉は「ふーっ」と息をついた。

「まったく、面倒な話が続くねぇ」

老中一人が失脚するかどうか、という話なのに、「ああ面倒だ」と言って、卯之吉はその場にゴロンと横になった。

「あっ、また！」

美鈴が血相を変えて飛んできた。

「羽織が皺《しわ》になります！　すぐにお脱ぎください！」

無理やり起こして羽織を引き剝《は》がそうとする。

（ああもう、おちおちゴロ寝もできやしない）

卯之吉は心の中でため息をついた。

ところが、数日経っても、白金屋庄兵衛の素性も行方も判明しなかった。三右衛門はしゃかりきになって走り回り、また、子分たちも駆け回らせたが、それでも何も摑めない。

時間だけが無為に過ぎて行く。


翌朝、出仕するやいなや、奉行の家に仕える小者がやってきて、卯之吉を内与力用部屋へと連れ込んだ。

沢田の顔色は日に日に悪くなっていく。

「どうなっておるのじゃ！　その後の進展は！」

小者が去り、卯之吉が膝を揃えて座るやいなや、卯之吉の挨拶も待たずにいきなり怒鳴りつけてきた。

「このままでは坂上様は、評定所のご裁断を仰ぐことになるぞ」

〝ご裁断を仰ぐ〟とは言い様で、実際には〝判決を受ける〟ことである。

評定所は幕府の最高議会だ。老中、若年寄、寺社奉行、勘定奉行、町奉行、そして目付が臨席する。それぞれの役職に就いているのは複数人なので、結構な大人数での会議となった。

その会議の場において、坂上家の不行跡が問われ、断罪されることになる。

「すると、どうなりますかねぇ？」

卯之吉は、傍目《はため》には呑気に見える顔つきで訊ねた。

沢田は苦渋に満ちた声を搾り出した。

「本多出雲守様は、坂上様との共倒れだけは避けたいはず。となれば、自ら率先して、坂上様を糾弾なされるはずじゃ」

内与力は町奉行所の役人ではなく、町奉行の家に仕える家来である。町奉行の上司は老中で、老中の引き立てでその職に就いている。南町奉行の後ろ楯は本多出雲守だ。であるから沢田は、出雲守の性向を知り尽くしていた。

「それじゃあ、権七郎様は、どうなります？」

「坂上様は東照神君様のお旗本を務めた名誉の家柄。しかも七千二百石もの御大身。さすがに易々《やすやす》とはお取り潰しにはできまい。……左様、甲府へ山流しが相当であろうな」

「甲府へ山流し？」

「甲府勤番じゃ。甲府は公儀の直轄領で、江戸で不行跡を犯したお旗本や御家人衆は、懲罰として遠く離れた甲府の勤番を命じられるのじゃ。これを俗称して〝山流し〟などと呼んでおる」

「へぇ、左様で」

沢田は卯之吉をジロリと見た。

「そのほう、例によって呑気に構えて『たまには江戸を離れての暮らしもしてみたいなぁ。甲府って所に移り住むのも面白そうだな』などと思っておるのではあるまいな？」

「おや。どうしてわかるのです？」

沢田は「カーッ」と喉を鳴らした。

「我ら武士にとっては、山流しは極めて不名誉なことぞ！」

「左様でしたか」

そう言われても、体面や名誉を重んじる、という感覚が卯之吉には理解できない。理解できないから放蕩息子をやっていられるのだ。

「とにかく！　坂上様のご処分が決まれば、やはり、本多出雲守様にとっても具合の悪いことになる。次の評定所が開かれる前になんとかせねばならぬのじゃ！

白金屋庄兵衛の行方はまだ摑めぬのか！」

「それが、一向に」

「役立たずじゃな！」

「仰せのとおりにございます」

卯之吉は、憤然とする沢田の前から逃げるように下がった。

（さぁて、困ったぞ）

そうは思うが、しかし、卯之吉本人にできることなど何もない。三右衛門や水谷弥五郎の報せを待つより他になかった。

三

深夜——。寒風の吹きすさぶ季節であったが、その部屋だけは、肌に汗の滲むような熱気が渦を巻いていた。

「さぁ、丁方ないか！　丁に張った、張った！」

盆茣蓙《ぼんござ》に陣取った中盆《なかぼん》が声を張り上げる。

「ようし、丁だ！」

豊かそうな商人が駒を丁に張る。

「丁半駒揃いました！」

「勝負！」

壺が開けられ賽《さい》の目が明らかになる。

「四三《しそう》の半！」

皆が一斉に声を上げ、丁に張った者は駒を奪われ、半に張った者の前には駒が押し出されてきた。

そんな光景を、鉄火場の隅から水谷弥五郎が眺めている。卯之吉にもらった金がまだたくさん残っており、博打場の用心棒など務めなくとも良いのだが、卯之吉に依頼された探索があった。白金屋庄兵衛という闇の金貸しを見つけ出すまでは、賭場通いをやめるつもりはない。

(それに、ここにおれば、安酒にありつくことはできるからな)

賭場の貸元が酒ぐらいは用意してくれる。酒好きの水谷にはそれがなによりの愉《たの》しみであった。

「やれやれ、またオケラにされちまったよ」

男が一人、貸元が座る長火鉢のほうに歩んできた。

「親分、こいつを駒に換えておくんなせぇ」

銀の小粒を取り出して猫板に並べる。火鉢の脇の、物を置く台の部分を猫板という。火が近くて温かく、冬にはよく猫が昼寝をしている場所だからだ。

「お前ぇさん、ずいぶんと金回りが良さそうだな」

貸元は（良い鴨《かも》が来た）と喜びながら駒を揃えて差し出した。

そんな遣り取りを水谷は横目で、見るでもなく、見ていた。

ところがその男が、片手で駒を鷲摑みにしながら、なにを思ったのか、水谷のほうに歩み寄ってきたのだ。

水谷は片目でジロリと男を見上げた。

男は水谷の鋭い眼光をヘラヘラと笑って受け流した。二十代の、いかにも軽薄そうな優男である。

「白金屋さんを探していなさるご浪人様ってのは、先生のことかい？」

「なんだと」

水谷はあらためて真っ正面から男を見た。男は相変わらず薄笑いを浮かべている。

「あんたなんだろ？　あっちこっちの賭場で、白金屋さんの行方を訊ねていなさるお人ってのは」

水谷は盃と徳利を脇に置いて、座り直しながら質した。

「そうだ、と答えたら、なんとする」

「へへっ」

男は駒を握っていない方の手を差し出してきた。

「オイラは才次郎ってんだ。人呼んで早耳《はやみみ》ノ才次郎。あちこちを嗅ぎ回っては、聞きつけた話を売って稼いでいるんだぜ」

これはまた、ずいぶんと分かりやすい自己紹介だ。

「つまりは、白金屋について教えるから、金を寄越せと言いたいのか」

「へい。ご賢察」

水谷は懐から巾着《きんちゃく》を掴み出すと、口に手を突っ込んで二朱金を摘《つ》まみ取り、才次郎の手のひらにのせてやった。

しかし才次郎はその手を引っ込めない。ヘラヘラしながら水谷を見つめている。

「足りぬ、と申すか」

水谷は（致し方ない）と思いながら、もう一つ、二朱金をのせてやった。

「お前の話に信用がおけたなら、もう二朱も払ってやっても良い」

「お代は話を聞いてから、ってことかい。フン、まぁいいや」

才次郎は二朱金二枚を握って懐に突っ込んだ。懐手のまま喋り始める。

「白金屋さんは、甲州街道を西へ逃げたよ」

「なんだと、江戸にはおらぬのか」

「へい。なんでも八巻ってぇ人斬り同心に目をつけられちまったってんで、この江戸には居られないって、草鞋《わらじ》を履いたそうだぜ」

水谷は苦々しげに顔をしかめた。

（八巻氏の名が高いのも善し悪しだな）

こうも素早く逃げられてしまってはかなわない。

南北の町奉行所の役人たちは、墨引きの外には出られないのだ。支配する役所が違うからだ。

（やれやれ。八巻氏の捕り物もここまでか）

内心落胆しながら水谷は、

「手を出せ」

と、才次郎に命じた。

「なんです」

臆面もなく突き出してきた手のひらに、水谷は二朱金を二枚のせた。

「白金屋庄兵衛に探りを入れてくれ。何かわかったら、報せに来い」

「へい。合点だ」

才次郎はほくそ笑みながら、水谷の前を離れた。


才次郎はとっとと駒をすってしまおうと思い、いい加減に賭けたのだが、こんな時ばかりツキに恵まれてしまう。面白くなって遊んでいるうちに、四ツ（午後十時ごろ）の鐘が鳴った。

「いけねぇ、夢中になりすぎた」

駒をかき集め、金に換えてもらう。

（水谷からせしめた分もふくめれば、かなりの儲《もう》けとなったな）

ホクホクしながら外に出る。賭場は、とある旗本屋敷の中間《ちゅうげん》部屋で開帳されていた。屋敷の裏門をくぐって表に出て、暗い夜道を背を丸めながら歩いた。

「遅《おせ》ぇじゃねぇか」

暗がりから、鼻の潰れた醜い男が顔を出した。

「この俺を寒空の下で待たせながら、博打を打っていたんじゃねぇだろうな」

「とんでもねぇ！」

お察しのとおりなのだが、才次郎は慌てて手を振った。

「兄ィと二人で八巻を追けた時に、水谷の野郎にこのツラを見憶えられていねぇか、そいつをじっくりと確かめてからじゃねぇと声を掛けることもできねぇと思ってさ……」

政二は「フン」と鼻を鳴らした。

「それで、どうだったんだよ」

「ああ。間抜けな野郎だ。オイラの顔は憶えちゃいねぇらしい」

「肝心の首尾は」

「おう、まんまとこっちの口車に乗りやがったぜ」

「白金屋が甲州街道を西へ逃げたって伝えたんだな」

「そういうこと。天満屋の元締のお言いつけどおりだ」

才次郎はニヤリと笑って見せたが、すぐにその笑顔を引っ込めた。

「だけどよ、兄ィ、そんなことをわざわざ敵方に報せて、どうするつもりなんだろう」

「さぁな。元締の考えていなさることなんか、俺たちの頭で読めるはずがねぇ」

「まったくだ。本当にさっぱり、わからねぇ」

「元締のお指図を仰ぎに行くぜ」

二人は寒空の下を走りだした。

四

翌日、非番で遅くまで掻巻にくるまっていた卯之吉の許《もと》に、水谷弥五郎がやってきた。

「なんだ、まだ寝ておったのか」

そろそろ九ツ（正午）になろうかという頃合いだ。

「ああ、これは水谷様。おはようございます」

掻巻を背負ったまま身体を起こし、卯之吉は眠そうに目を擦った。

「まるで亀だな」

水谷はドッカと腰を下ろした。

「白金屋の行方がわかったぞ」

昨晩、才次郎から聞かされた話をそのまま告げた。

「なるほどねぇ。江戸を離れていらしたのですか。道理でどれだけ探しても、お姿が見つからないわけですね」

「悪党に敬語など使わずとも良かろう」

そう言ってから、渋い顔つきで首を捻《ひね》った。

「しかし、才次郎の物言いを、そのまま信じるのも剣呑だぞ。あのような手合い、信用するに足りぬ」

「それでしたら、荒海の親分さんの手を借りるのがいいと思うのですよ」

「三右衛門か。確かにあの者は、街道筋にも兄弟分の盃を交わしたヤクザが大勢いるようだが」

「で、ございましょう」

卯之吉はまた、布団に横たわると、搔巻の中に潜り込んだ。

「なんだ、また寝るつもりか」

人前をも憚《はばか》らず、あまりにも非常識な態度である。

「……荒海の親分さんのところには、銀八を走らせますから、ご心配なく」

布団の中でそう言うと、すぐに寝息を立て始めた。

「大物なのか、底無しの阿呆《あほう》なのか、さっぱりわからぬ」

水谷は呆れ果てながら腰を上げた。

卯之吉がようやく起き出して、台所で飯を食べているところへ、三右衛門が子分たちを引き連れて駆け込んできた。

「旦那ッ、って、おっと、ご昼食《ちゅうじき》でございましたかい。こいつぁ間の悪いことで申し訳がねぇ」

「いいえ、これが朝餉《あさげ》――」

と言いかけたところで、美鈴に注意を促された。三右衛門は卯之吉のことを江戸一番の同心サマだと勝手に祭り上げて心服している。真実を知らせて幻滅させたら可哀想だ。

卯之吉は元々食の細い男だ。箸を置くと膳を下げさせ、土間に立つ三右衛門に向かって座り直した。

三右衛門は興奮しがちな多血症である。顔面を真っ赤に染め、頭からは湯気を立てながら意気込んだ。

「話は銀八から聞かされやしたぜ！」

その銀八も、赤坂新町から一緒に走って帰ってきたはずなのだが、姿が見えない。足の遅い銀八は、すばしっこい侠客たちにはついてこれないのだ。今頃は一人で息を切らせながら走っているのに違いなかった。

「うん。そういうことだからね、すまないけれど、甲州街道の宿場を仕切っていなさる親分衆に、白金屋庄兵衛さんの行方を問い質してはもらえませんかね」

「そんな、まだるっこしい話じゃあ、また白金屋に逃げられちまわねぇとも限らねぇ。旦那！　あっしを走らせてやっておくんなせぇ！」

「えっ、どういうこと？」

「あっしが街道筋に出張って、白金屋をとっ捕まえてめぇりやす！」

「おやおや」

いくつになっても血気盛んな三右衛門だ。

「それは、有り難いお申し出だけどねぇ……」

「旦那は江戸からは離れられねぇ。だからオイラが旦那に代わって、悪党にお縄をかけてまいりやす！　もちろんオイラも、墨引きから一歩でも外に踏み出したなら、旦那の手下だとは名乗りやせんぜ」

「ふぅむ」

卯之吉は考え込んだ。

（このままだと権七郎様と、出雲守様が、大変なことになっちまいますからね

え)

三右衛門の申し出は、渡りに船だと言えなくもない。

「それじゃあ、すまないけれど、そうしてもらおうかねぇ」

「合点承知！」

三右衛門は振りかえり、背後に控えた子分たちに向かって怒鳴った。

「おうッ、聞いたな！　旦那のご下命だ、手前《てめ》ェたち、抜かるんじゃねぇぞ！」

子分衆が野太い声を揃えて「へい！」と唱和する。

「……そういうことなら」

卯之吉が腰を上げた。三右衛門が「あっ」と察して叫んだ。

「なにを、なされるおつもりで」

「うん。今、路銀を持ってくるから――」

「ご冗談じゃございやせんッ。もう十分に頂戴しておりやす！」

これ以上の小判を持たされたら佐渡金山帰りの行列みたいになってしまう。悪党を捕らえに行くのか、小判の運搬をするのか、わからなくなる。

「だけど、お足はどれだけあっても邪魔にはならないだろう？」

「いいえ、とんでもねぇ足手まといになりやす」

「それじゃあ、為替《かわせ》にしようか。宿場のお役人に差し出せば、小判に換えてくれるからね」

「それも遠慮いたしやす」

三右衛門は逃げるようにして、卯之吉の屋敷を出た。

「まったく、とんでもねぇ度量だぜ」

身震いしながら、赤坂新町へと戻った。


「荒海一家が江戸を離れたか……」

深夜。掘割を流れる水の音が、どこからともなく聞こえてくる。閉ざされた障子に、水面で反射した月の光が映っていた。

瀟洒《しょうしゃ》な座敷に天満屋が座っている。敷居を隔てた隣の座敷の暗がりに、政二が平蜘蛛のように平伏していた。

「へい、三右衛門が主だった子分どもを引き連れて、四谷の大木戸から西へ向かいやしてございやす」

「才次郎が水谷に吹き込んだ話を、真に受けたようだね」

「元締の策がひとつ、当たりやしたね」

政二は軽薄に笑顔を見せたが、しかし天満屋は何事か、思い詰めた様子で俯いている。

「……八巻の手足となって働き、その左右を固める荒海一家。八巻の評判を支えておるのは、あの者たちだ」

「へい。八巻は江戸を離れられねぇ。荒海一家は多摩郡《たまごおり》だ。さしずめ、頭と手足をバラバラにしてやったようなもんですぜ」

「うむ。それこそが、やつがれの策だったのだが……」

「どうなさったんですかえ元締。浮かねぇお顔つきだ。まんまと騙してやったんじゃねぇですか」

天満屋は袖の中で腕組みをした。

「こんなに軽々しく、敵の策に乗る八巻であろうか？　それが訝《いぶか》しい」

「へっ？」

「これまでも多くの大悪党どもが、八巻を罠に嵌《は》めようとして、逆に返り討ちにされてきた。千里眼――そう言われるだけの眼力を、あの者は持っておる。それなのに、今度ばかりは易々と我らの策に引っかかり、荒海一家を江戸から離した。なにやら奇妙だ」

「こっちの手を見抜いて、あえて騙されたふりをしてるって言うんですかい」

「考えすぎであろうか」

天満屋は、まだ何事か思案していたが、やがて顔を上げて政二に目を向けた。

「いずれにせよ、八巻を守る博徒どもはこの江戸から消えた。好機だ」

「へい」

「八巻を殺《や》る者どもは、集まったであろうな」

「それが……」

政二は渋い顔をした。

「八巻ほどの強者を相手にできる使い手を集めるとなると、ずいぶんと銭がかかります」

「元手が足りぬと申すか」

「へい。面目《めんぼく》次第もねぇ」

天満屋は頷いた。

「金ならば、英照院からの礼金が間もなく届くはずだ」

「へい？」

「目付の細倉が上手《うま》く立ち回れば、権七郎は甲府に山流しを命じられる。これで英照院の溜飲も少しは下がるであろう」

「後家の尼さんとの約束を律儀に守っておられるんですかえ。金だけもらって、あとは知らん顔をしていても良かったんじゃねぇんですか」

「馬鹿を申すな。どんな商売でも、一番大切なのは信用だ。仕事を請けたからにはやり通す。それが天満屋の流儀だよ」

小悪党と大悪党の違いは、約束を守るか、守らないかにある——と天満屋は思っている。

「英照院は無尽講で稼いだ金を溜めこんでおる。お為《ため》ごかして働いておれば、いくらでも引き出すことができるはずだ。我らはその金を使って、八巻の命を奪うのだ」

「そいつぁ面白《おもしれ》ぇ」

天満屋は鋭い視線を政二に向けた。

「江戸での八巻殺しはやつがれが仕切ることにする。お前たちは荒海一家を密かに追《つ》けるが良い。彼奴《きやつ》らから目を離さず、わずかでもおかしな素振りを見せたなら、やつがれに知らせるのだ」

「へい。承知いたしやした」

天満屋は片手を振って、政二に「行け」と命じた。

五

翌朝、卯之吉はいつものように刻限のギリギリに出仕をすると、沢田彦太郎の用部屋に向かった。

「沢田様、白金屋庄兵衛さんの行方がわかりましたよ」

呑気な口調でそう報告すると、沢田は、苦虫を、その巣を丸ごと嚙み潰したような顔つきで答えた。

「もう遅い！」

「はい？」

卯之吉は首を傾げた。

「いかがなさいましたか、お顔の色が宜《よろ》しくございませんけれども」

「当たり前だ」

沢田はこめかみの当たりをヒクヒクと痙攣《けいれん》させ、自分でも興奮が過ぎると自覚したのか、茶でも飲んで落ち着こうとしたようで、茶碗に手を伸ばしたが、取り落としてしまった。

「あちぃーっ！」

慌てて立ち上がって着物の裾をまくる。

「おやおや、大変だ」

卯之吉が顔を寄せてくる。

「だいぶぬるくなったお茶でよかったですよ。火傷は軽くて済みました。赤くなってるだけですから、冷やしておけば治りますよ」

医工の目で見て、そう言った。沢田はますます激怒した。

「わしの火傷など、どうでも良い！」

「どうでも良いってことはないですよ。お身体は大切にしないと――」

「ええい、黙れ！　昨日《さくじつ》、お前が非番で寝ている間に、評定所での評定が開かれたのだ！」

「おや。ということは、権七郎様へのお裁きが下されたのですね」

「そのとおりじゃ。お目付様が必ず罰を下すべしと我意を張って譲らず、坂上家には甲府勤番が命じられたのじゃ！」

「ああ、やっぱり」

「やっぱりとはなんだ！」

「それで、本多出雲守様は、いかがなされましたか」

「出雲守様も、坂上家への処断に賛同なさるより他なかったようじゃ。坂上家と共倒れとなるわけにはゆかぬ。むしろ率先して、坂上家を処断なされたとのことじゃ」

評定所での出来事は、奉行の口から聞かされたらしい。

「権七郎様、踏んだり蹴《け》ったりでございますねぇ……」

「なにを他人事《ひとごと》のように申しておる！　貴様がしっかりしないから、こんなことになったのではないか！」

「まぁ、そういうことになるのでございましょうねぇ」

「ええい、そのほうはしばらく謹慎いたしておれ！」

「おや、屋敷に帰ってよろしいのですかえ？　まるでご褒美を頂戴したかのようだな」

「嬉しそうな顔などいたすな！」

沢田は手を振って卯之吉を追い払った。

卯之吉は言われたとおりに、南町奉行所を出た。

「さぁて、これからどうしようかねぇ」

晴れ渡った冬空を見上げる。

「ま、とにかく、権七郎様のお屋敷に、お見舞いに行きましょうかね」

従う銀八に目を向ける。

「権七郎様のお屋敷は、どこだったかねぇ？」

町人育ちの卯之吉は、武家地の地理には不案内だ。幇間の銀八も似たようなもので、二人で顔を見合わせてしまった。


「やぁ、よく来てくれたな。此度もまた、八巻には、骨を折らせてしまったようだ」

すっかり男の姿が板についてきた権七郎が奥から出てきて、書院の床ノ間の前に座った。

卯之吉はもの悲しそうな顔で低頭した。

「なんだか、あたしの力足らずでこんなことになってしまって……」

「いや、そなたのせいではない。すべては、この家の不行跡。であるから、坂上家の当主であるわしが責めを負わねばならぬのだ」

こちらもまた、他人事のような顔つきである。

「あまり、身に堪《こた》えたご様子はございませんね」

さぞや落胆しているだろうと思って見舞いに来たのに、本人はまったく何も感じていないらしい。

「当たり前であろう」

権七郎は女人と見紛《みまが》うばかりの顔だちの、細い鼻筋をツンとあげた。

「このわしはな、双子の弟として生まれたばかりに〝不吉な者め〟と忌《い》み嫌われ、家を追い出されて、町人に、しかも女人の姿で育てられたのだ。おのれの不遇に達観でもいたさねばやっていけぬ。それに比べれば、甲府勤めなど、なにほどのことがあろうか」

（なるほど）と納得するのも悪い気がして、卯之吉は黙って聞いていた。

「それに、我が家もまた、力足らずであったのだ。家の不行跡を糊塗するために働く者が足りなかった。本当なら、柳営の要路に賂《まいない》など届けて、我が家の悪事を揉《も》み消してもらわねばならなかった。しかし――」

坂上家は、英照院派の家来たちを大勢、放逐《ほうちく》し、あるいは隠居を命じたのだという。そのぐらいのことをせねば安心して殿様をやっていられない、ということもあったのであろうが、派閥抗争の報復人事の意図もあったのだろう。権七郎派の楡木《にれぎ》は、命懸けで権七郎を守り抜いた功績が認められ、家宰に出世した。それなりに辣腕《らつわん》を発揮しているようだが、坂上家全体として見れば、人材の多くを欠いてしまったことは否めなかった。

「かような次第でな。こうなったことは、当然の帰結と申すべきなのじゃ」

またしても、達観しきった顔でそう締めくくった。

「八巻ともせっかく知り合うことができたのに、江戸と甲府に離ればなれでは、気軽に顔を合わせることもできぬ。面白い遊びをもっともっと教えてもらおうと思っていたのに、それればかりが残念じゃ」

権七郎は、女人のような顔で豪快に笑った。

「それで、ご出立《しゅったつ》はいつでございますかえ」

「出雲守様もご立腹でな。すぐにも江戸を発たねばならぬらしい。楡木が懇願して、半月ばかりの猶予を頂戴したが、今年の梅は甲府で見ることとなろうな」

「それは、慌ただしいことでございますねぇ」

卯之吉も、なにやらしんみりとそう言った。

六

卯之吉はそのまま屋敷に帰ると、早速、外出の準備を始めた。

「まさか、夜遊びではないでしょうね」

美鈴が血相を変えて詰め寄ってくる。

「寺社奉行所の大検使の、庄田朔太郎様のところへ相談に行くのですよ。坂上様の後家様の英照院様は、尼僧様でいらっしゃいますからね。寺社奉行所のご意向を伺うのは当然のことです」

美鈴は首を傾げた。

「その、庄田様という御方は、いったいどちらにいらっしゃるのです」

「えーと、もっぱら吉原に」

「ほら！　やっぱり！」

怒気を露にして詰め寄る美鈴を押し戻そうと悪戦苦闘していた時であった。銀八が台所からやってきた。

「若旦那、南町奉行所のお使いが来たでげす」

「ああ、それはちょうど良かった。台所かえ」

美鈴から逃れる好機だとばかりに立ち上がろうとすると、銀八は首を横に振った。

「使いの小者は、言づけだけを残して帰ったでげす」

「ほう？　その言づけってのは？」

「沢田様のお呼び出しでげすよ。すぐに南町奉行所に行かなければならないでげす」

「ああ、帰ったばかりだというのに奉行所にトンボ返りかい。面倒臭いねぇ」

その物言いには幇間の銀八も呆れ顔だ。

美鈴が出してくれた黒羽織を着て、卯之吉は屋敷を出た。


「なんの御用でございましょうか、沢田様」

卯之吉は内与力用部屋の廊下で両膝を揃えた。

沢田は積み上げられた書状と帳面の陰から片目だけを出した。

「入ってこい。障子は閉めろ」

「はい」

卯之吉は商人のような所作で用部屋に入ると、両手の三つ指を綺麗に揃えて障子を閉めた。

クルリと向き直る。

「はい。閉じました」

「こっちに来い。内密の話じゃ。大きな声など決して出すなよ」

卯之吉は首を傾げながら、沢田の机の前に座った。

「なんでしょう？　みんなには内緒でお菓子を分けてくださるのですか？」

「そんなわけがあるか」

沢田は背筋をピンと伸ばすと、貧相な顔と体軀《たいく》ながらに威儀を整えた。

「そなたは本日より隠密廻り同心じゃ」

なにを言われたのかが理解できずに、卯之吉は首を傾げた。

「なんですね、それ」

沢田は怒りと落胆を同時に面《おもて》に現わした。

「なんですね、って、そんなことも知らぬのか」

「はぁ。なにぶん手前は商家の生まれでございますから。……と言って、商いの道も、まったくの不案内ではございますけれどねぇ」

「自慢にもならぬわ。聞け、教えてつかわす」

「はい。お伺いいたします」

「隠密廻り同心と申すのは、同心でありながら、町人などの姿に扮して、密かに悪党を追う役目の者を申すのじゃ」

「同心様なのに、町人の格好をなさるのですかえ。それじゃああたしとは真逆でございますねぇ」

「たわけ！　そなたは八巻家の株を継いだのだから、正真正銘の同心だぞ」

「あたしには、まったくそんな自覚はないのでございますがねぇ」

卯之吉に付き合っていたら、まったく話が進まない。沢田は額に青筋など立て始めた。

「いいから黙って聞け！　そなたは本日より、隠密廻り同心を拝命したのだ！　申すまでもなきことながら、これは大事なお役ぞ！　心して務めねばならぬぞ」

声を強めて訓示する沢田だが、卯之吉にはまったく腑に落ちぬことばかりだ。

「なんだってあたしのような者が、そんな大事なお役を任されましたかねぇ？」

「坂上様の一件の、尻拭いに決まっておろうが」

「はい？」

「本多出雲守様がたいそうなお怒りなのだ！　この一件、どうでも揉み消さねばならぬとお奉行にお命じなされた。そこでお奉行は、そなたに白金屋庄兵衛を追わせることに決められたのだ」

「あたしに？　まぁ、乗り掛かった船ってヤツですかね」

「そなたの実家は札差。金貸し同士の繋《つな》がりがあろうから、きっと白金屋を捕えることができるものと期待しておられる」

「どちらかと言えば、街道筋の親分さんたちのほうが頼りになるのですがね」

「ん？　なんぞ申したか」

「いえいえ。なにも」

卯之吉が独断で、甲州街道を仕切る大親分たちを動かしていると知ったら、沢田はどんな顔をするであろうか。もっとも、卯之吉自身がその意味をよく理解していない。

「隠密廻り同心という役儀はな」

まだ説明は終わっていなかったらしい。

「町奉行所の役人としては例外的に、江戸より外へ出ることができるのじゃ」

「はい？」

「なにしろ町人に扮しておるのだからな。町人がどこへ旅しようと、それは町人の勝手と申すもの。……もちろん、通行手形は持っていなければならないが、それは奉行所で用意するから、心配いらぬ」

「なにを仰っているのか、いま一つ、よくわからないのですがね」

「つまり、そなたは町人の格好で、甲州街道を逃れたという白金屋庄兵衛を追うのじゃ。それがお奉行よりのご下命じゃ！……とまぁ、そういう話だ」

「あたしみたいな者に、そんな大切なお役を振って、大丈夫なのでございますかねぇ」

　卯之吉自身、自分のことでありながら、心配になってきた。

「……まさかとは思いますけれど、お奉行様や出雲守様まで、あたしのことを、江戸一番の同心サマ、などと信じておられるのではございますまいね」

「知らぬ！　とにかくじゃ。札差の三国屋は江戸のみならず関八州にまで手を広げておるはずじゃ。その手蔓《てづる》を、出雲守様はあてになさっておられる」

　札差は、徳川家の領地（公領。のちに天領）で穫《と》れる米を買って金銭に替える商人である。公領は関八州の全域に広がっているので、当然、地方の庄屋とも顔が通じていた。

「なるほど、左様でございますか」

沢田は眉をひそめた。

「おのれの家のことであろうが。人に説明されて、納得しておってどうする」

「なにぶん親不孝者の放蕩息子でございますから」

卯之吉は沢田の話を頭の中で纏《まと》めた。

(つまり、町人のあたしが町人に扮して、お役人様の真似事をするってワケですね)

考えれば考えるほど、わけが分からなくなってくる。

しかし、卯之吉には自分の意思などほとんどない。命じられれば否とは言わずに従う。どこまでも他人に流されて、無責任に生きている男なのだ。

(ま、これも酔狂でございましょう)

それならば隠密廻り同心ゴッコで遊んでやろう、などと、不遜《ふそん》で不埒《ふらち》なことを考えた。

(それに、甲府って所にまで旅ができるかもしれませんしねぇ)

甲府にだって、遊里ぐらいはあるだろう。甲府勤番を命じられた権七郎を誘ってドンチャン騒ぎを繰り広げ、せいぜい権七郎を慰めてやろう、などと考えた。

卯之吉は明るい顔を上げて、ニッコリと微笑《ほほえ》んだ。

「わかりました。隠密廻り同心のお役を、喜んで務めさせていただきます」

「なにやら、急に張り切っておるようだが……」

沢田は（大丈夫なのか）という顔つきで、心配そうに卯之吉を見た。

「……ま、そういうことじゃからな。しっかり励め」

「お言葉、胸に刻みましてございまする」

卯之吉は深々と頭を下げ、一転、薄笑いを浮かべながら用部屋を出た。

心はすでに、旅の期待で膨らんでいた。

第三章　前途多難

一

「八巻が隠密廻り同心を命じられた、だと？」

いつもは無表情な天満屋が、滅多にないことに面《おもて》に怒気を上らせた。

「それはいったいどこで聞きつけた話だ」

天満屋が江戸の隠れ家としている掘割近くの屋敷。廊下の板敷きで政二が両膝を揃えている。元締から怒りをぶつけられ、身を震わせて低頭した。

「へいっ、南町の小者に銭を握らせやして……、そのぅ、こんなこともあろうかと手《て》懐《なず》けておいたんでございまさぁ」

「その小者から伝えられたのか」

「へい」

「しかし所詮は小者であろう。確かな話なのか」

「南町じゅうの評判になっているらしいんでございますさぁ。ですから間違いのねぇ話かと。小者が言うにゃあ、『どうして八巻が隠密廻り同心を命じられたのかがわからねぇ、お奉行の気がしれねぇ』とかなんとか、皆で囁き合ってるらしいんで……」

奉行所で働く者たちは、卯之吉の本性を良く知っている。剣豪だとか切れ者だなどと思っている者は一人もいない。

しかし、天満屋を含めて、江戸の者たちは、卯之吉の虚像を本気で信じ込まされている。

「なにが不思議なものか。本多出雲守が己の体面を守るため、八巻をつかわして白金屋を捕らえさせようとしておるのに違いない」

「あっしも同じ考えでさぁ」

「いかんな。江戸に集めた人斬りの先生たちが無駄になる。それに、甲州街道に逃がした白金屋が捕らえられたら面倒だ」

「あんなケチな金貸し、どうなろうと知ったこっちゃねぇんじゃございませんかい？」

「そうはゆかぬ。やつがれは、どんな小さなことでも、八巻に後れを取りたくはない。それにだ、八巻と権七郎が手を結んだと知れば、あの英照院が煩《うるさ》いことを言ってくるに違いない。英照院は我らの金蔓《かねづる》。あの婆様の機嫌を損ねるのはまずい」

「左様で」

「こうなれば、こちらから仕掛けるほかあるまいね」

天満屋は即断した。

「集めた先生方には江戸を出ていただく」

「どうするんで」

「八巻は白金屋を追って甲州街道を西へ向かうはずだ。そこを襲って仕留める。なぁに、かえってこれは好都合かもしれぬ。八巻も江戸を離れれば、勝手の違うことがなにかとあろう」

「なるほど」

天満屋は政二を睨んだ。

「才二郎が、八巻と親しい水谷とかいう浪人者を存じておると申したな」

「その者を使うが良い。八巻を、我らにとって都合の良い場所に誘《おび》き出すのだ」

天満屋は声をひそめて、政二に秘策を授け始めた。

「へい」


その日の夜、水谷弥五郎がいつものように賭場の隅に座っていると、一人の遊び人が慌てた素振りで歩み寄ってきた。

水谷は煩わしそうに目を向けた。

「貴様か」

「へい。人呼んで早耳ノ才次郎でごぜぇやす」

「早耳が聞いて呆れる。報《しら》せに来るのが遅かったぞ。手遅れだ。白金屋庄兵衛のことなど、もはやどうでも良くなったわ」

才次郎はわざとらしく首を竦《すく》めた。

「そいつは面目《めんぼく》次第もねぇ。ですがね、こいつだけはお耳に入れといたほうがいいんじゃねェかっていう、そんな話を摑《つか》んで参りやしたんですがね……」

弥五郎は横目を向けた。

「なんだ」

「へい。もしかしたら旦那は、白金屋庄兵衛が金貸し稼業で手を組んでいたっていう、お旗本屋敷と関わりのある御方なんじゃございませんかい？」

弥五郎は酒の茶碗を床に置いた。

「そうだとしたら、なんだというのだ」

「庄兵衛のことで剣呑《けんのん》な話を耳にいたしやした。野郎め、手前ェ《てめ》の身を守るために、そのお旗本屋敷のお殿様を手にかけようとしているらしいんで」

「なんだと」

「つまりは口封じでござんしょう。なんでも、そのお殿様は甲府に山流しになるってんで、甲州街道を下られるとか？」

「そんなことまで知られておるのか」

「そりゃあまぁ、お旗本屋敷で働いている中間《ちゅうげん》や小者の中にも、悪いヤツらはたくさんおりやすからね。悪党同士のつながりで、お武家の事情は筒抜けだ」

「なるほどな」

「庄兵衛はお殿様を手にかけるために、甲州街道筋に巣くった悪党どもを雇いやしたぜ。こいつはちっとばかし、剣呑じゃございませんかね？」

「うむ……」

水谷は大きく頷いた。

「いかにも剣呑だ。貴様。その手を出せ」

「なんです？」

才次郎は手のひらを差し出した。水谷はその手に、卯之吉からもらった小判を握らせた。

才次郎は目を丸くした。

「なんですかぇ、この大金は」

「その金は貴様にくれてやる。その代わり、白金屋庄兵衛と、彼奴《きゃっ》が集めた悪党どもを探るのだ。そしてこのわしに逐一《ちくいち》報せよ」

「そういうことですかえ」

「頼むぞ。働きが良ければ、もっと褒美をくれてやる」

才次郎はニヤリと笑って頷いた。

「任せておいておくんなせぇ」

腰をかがめたまま、賭場から出て行った。

水谷弥五郎は大きな息を吐き出した。

「容易ならぬことになった」

卯之吉に報せなければならぬのだが——、

「この刻限だ、屋敷にはおるまい」

どこを遊び歩いておるものやら、さっぱりわからない。水谷は険しい顔を横に振った。

と、その時であった。

「なんだ手前ェは」

賭場を仕切る博徒の若衆の声がした。

「掘割にでも落ちやがったのか。ずぶ濡れの格好で入って来てもらっちゃ困るぜ」

続いて、男にしては甲高《かんだか》い声がした。

「ここに水谷弥五郎ってぇご浪人様が来ていやしないかねぇ？」

（由利之丞ではないか）

ずいぶんと切羽詰まった様子だ。水谷は腰を上げて、賭場の入り口へと足を運んだ。

「あっ、弥五さん」

由利之丞が嬉しげな声を上げる。その姿を見て水谷は驚いた。

「水浸しではないか」

髷《まげ》は濡れて大きく乱れ、鬢《びん》からほつれた髪は頬に張りついている。若衆役者ならではの華美な着物も泥水を吸って、花模様が黒々と汚れていた。

由利之丞は泣きだしそうな顔で訴えてきた。

「酷《ひど》い目にあったんだよぉ」

それは見ればわかる。

「どんな酷い目にあったのだ。悪党にでも襲われたのか」

すると由利之丞は、自分を見つめる博徒たちに目をやってから、首を横に振った。ここでは言えない話らしい。

「ならば、先に帰っておれ。わしはここでの用心棒が終わってからすぐに行く」

由利之丞は、再び首を横に振る。

「一人でなんか、おっかなくて夜道を歩けやしないよ」

ブルブルと身を震わせているのは、寒さが理由ばかりではなさそうだ。

「仕方がないな。とりあえず濡れた着物は脱げ。水垢離《みずごり》には季節が悪すぎる」

この寒さだ。濡れた着物などを着ていたら命に関わる。由利之丞は言われたとおりに裸になった。華奢《きやしや》な裸身をますます激しく震わせた。

水谷は自分の着物を脱ぎ始めた。

「弥五さんまで裸になって、どうするのさ」

「わしの着物を着ておれ」

脱いだ着物を差し出す。

「弥五さんはどうするのさ」

「わしは鍛えておるから、裸でも大丈夫だ」

そう言って、褌《ふんどし》一丁で床敷きにドンっと腰を下ろした。

二

「ううっ、なんだってオイラが、こんな格好をしなくちゃならないのさ」

職人の法被《はっぴ》姿の由利之丞が唇を尖《とが》らせた。

その法被は賭場で大負けした職人が金の代わりに置いていったもので、話を聞きつけた貸元が貸してくれた。お陰で水谷は裸にならずに済んだのだが、由利之丞は不貞腐《ふてくさ》れている。いなせな職人姿も由利之丞には似合わない。まったく失笑ものの格好であったのだ。

「それで、いったい何があったのだ」

火鉢を由利之丞のほうに押し出しながら水谷は質《ただ》した。由利之丞は両腕と両足で火鉢を抱えながら答えた。

「悪党に命を狙われたんだよ。弥五さんみたいな浪人でさ、いきなり斬りつけてきやがって……」

その瞬間の恐怖を思い出したのか、由利之丞は絶句して、身を震わせた。

水谷は険しい顔で眉根を寄せた。

「浪人者に狙われるような怨恨があるのか」

「そうじゃないよ」

由利之丞は首を横に振った。

「狙われなさったのは八巻様だよ。オイラは八巻様に間違えられたんだ」


由利之丞は、もっぱら陰間《かげま》茶屋で稼いでいるけれども、本当の仕事は歌舞伎役者である。とはいえ、大勢の同輩と一緒になって看板役者の後ろで踊ったり、あるいは荒事《あらごと》の芝居で投げ飛ばされてトンボを切ったりという端役であった。

卯之吉という良い金蔓がついたことで、脇役ぐらいは演じることもできるようになったのだが、すると今度は役者不足（実力が足りない）という大きな問題に直面させられてしまった。

芝居をさせても板につかない。謡《うたい》も踊りも半人前——というのが、大向こうに座る見巧者《みごうしゃ》の評価だ。

こうなっては、いかに卯之吉が肩入れしてもどうにもならない。芝居小屋の支配者である座元の断が下されて、由利之丞は元の端役に戻された。今日も一日、看板役者の後ろで踊っていたのだ。

「これじゃあ舞台の奥の、幕に描かれた景色の書き割りと変わりやしないよ」

などと由利之丞はぼやいていた。

稽古が終わると深川にある陰間茶屋へ向かう。冬の日は短い。辺りはもう真っ暗だ。寒いし身体は疲れ切っている。なにもかもが億劫《おっくう》だけれども、端役の給金だけでは生きてゆかれない。

卯之吉からもらった金は、すぐに使ってしまった。贅沢《ぜいたく》をするのがなにより好きだし、また、先輩役者や狂言作者に賂《まいない》を贈っておかないと、役を降ろされたり、つまらぬ意地悪をされたりしてしまう。

「うう、寒い」

由利之丞は襟《えり》を掻《か》き合わせた。

（いったい、いつになったらオイラは、舞台の真ん中で大見得を切る身分になれるのかなぁ）

観客の視線を一身に浴びて拍手喝采を受ける。役者にとっては無上の喜びだ。

（吉原での同心役は、楽しかったな）

卯之吉の代わりとして吉原に乗り込んで、仲ノ町の真ん中で大見得を切った。吉原雀の男客はもちろんのこと、綺麗に着飾った遊女たちまで黄色い歓声と拍手を浴びせてくれたのだ。

（若旦那が羨ましいよ。江戸一番の切れ者同心サマと褒めそやされて、どこへ行っても皆に贔屓《ひいき》にされるんだからな）

またあの時みたいに身代わりを命じてもらえないだろうか、などと由利之丞は思った。黒巻羽織で腰に朱房《しゅぶさ》の十手を差しさえすれば、江戸一番の人気同心を演じることができる。

夜道に人の気配はない。由利之丞は片腕の袖を大きく捲《まく》って突き出した。

「悪党ども！　神妙《む》にお縄につけぃ！」

クワッと目を剝いて見得を切る。しかし観客が一人もいないのでは、ただただ虚《むな》しいばかりであった。

「寒い。急ごう」

陰間茶屋に行き着けば、火鉢と甘酒ぐらいはある。それを愉《たの》しみにして、暗い夜道を急いだ。

大川の西岸には賑やかな町家が広がっているが、川を渡って本所深川に入ると、人影もまばらな寂しい景色に一変する。由利之丞はできる限り西岸を歩いて、永代橋で東岸に渡った。

深川の永代寺門前町は、吉原と並び称されるほどに繁盛している遊里だが、陰間茶屋などといういかがわしい見世《みせ》は、人目につかない裏通りにある。深川は元は広大な湿地帯だ。水を排出するための水路や掘割が至る所に延びている。それでも地面は湿っぽい。こんな場所に好んで住む者はいないから、空き地がほうぼうに広がっていた。

通い慣れた道といえども、やっぱり恐い。自然と由利之丞の足は早くなった。掘割の岸辺では、背の高い葦《あし》の草むらが夜風に靡《なび》いて、不吉な葉音を響かせていた。

そのうちに月が黒雲に隠された。辺り一面が真っ暗闇になった。

（こいつはいけない）

芝居の幕開けが近いというのに、転んで怪我でもしたら大変だ。踊れなくなったら端役からも下ろされてしまうし、万が一、顔に傷でもつこうものなら芝居の世界から追い出される。

掘割の向こうの路地に、常夜灯が立っているのが見えた。

（良かった。あそこで火を借りよう）

葦の枯葉に火をつけて、その明かりを手にしながら歩けば、躓《つまず》いて転ぶこともない。

由利之丞は頼りない足どりで常夜灯に向かった。岸辺の枯葉を引きちぎると、常夜灯の風除《かぜよ》けを開けた。

その瞬間、闇の中に男の顔が浮かび上がった。

「えっ！」

由利之丞は思わずその場で固まった。視線だけ恐々《こわごわ》と巡らせて、自分が見たものを確かめた。

それは見間違いや幻などではなかった。闇の中に浪人者が立っている。いつからそこにいたのであろうか。黒い着物を着けているのでほとんど闇と同化している。風除けを開けて、周囲を照らす光量が増したので、初めて男の顔が見て取れるようになったのだ。

男の目が、ジロリと由利之丞を睨んだ。悪鬼《あっき》のようにおぞましい顔だ。

「あ……、こ、こんばんは……」

咄嗟《とっさ》に挨拶したが、我ながら間抜けな態度と声であると由利之丞は思った。

浪人者は、愛想の良い返事などは返してくれなかった。その代わりに、凄《すさ》まじい威圧感を――由利之丞でもはっきりそれとわかるほどの殺気を放ってきた。これが〝気当て〟というものであろうか。

（足が竦《すく》んで動けねぇ……！）

由利之丞の総身は石のように固くなった。そしてガタガタと震え始めた。

浪人者の黒い巨軀《きょく》がユラリと動く。由利之丞のほうに、一歩、踏み出してきた。

「南町奉行所同心、八巻卯之吉殿だな」

低い声音で質《ただ》してくる。地獄の底から湧いてきたかのような、凄まじい殺意の込められた声音だ。

「じょ、冗談じゃねぇ……」

由利之丞は声を震わせた。

「オ、オイラは、そんなモンじゃねぇ。ただの芝居者で、陰間――」

「とぼけずとも良い」

浪人者の目が狼のように闇の中で光った。

「貴公が八巻殿だということはわかっておる。我らの仲間が、吉原同心を務めておられた貴公の顔を見定めておるのだ」

「あわわわ……！」

泡を食うとはこういうことを言うのであろう。喉と口が震えて、言葉が上手《うま》く出てこない。

それを見て浪人はニヤニヤと笑った。

「歯の根も合わぬほどに臆したふうを装って、拙者の油断を誘おうという策か。さすがは江戸で五指に数えられると評判の剣客。『兵は詭道《きどう》なり』の勘どころを心得ておられるようだな」

「いや、その……ね」

「だが、拙者には通じぬぞ！」

浪人者の巨体がさらに大きく膨れ上がった――ように見えた。両袖をブワッと広げながら抜刀する。長刀が天を高々と突き上げた。由利之丞はアングリと口を開いて見上げた。

「ご、ご浪人様は、いったい、なんなんで……？」

「拙者は貴公が探し求めておる相手よ」

「オイラが？」

「辻斬り狩りの人斬り同心……。左様、拙者が辻斬りだ。わざわざこちらから出向いてやったのだ」

これはとんでもないことになったと由利之丞は思った。吉原で調子に乗って目立ちすぎた。

浪人者がズンッと踏み出してくる。地面まで波うったように感じた。由利之丞はその場にストンと尻餅《しりもち》をついた。

このままでは殺される。この浪人者は本気だ。これまでも幾度となく人の命を奪い、それを糧《かて》として生きてきた男に違いない。

「待っておくんなさいッ」

片手を伸ばして押しとどめようとする。浪人者は乱杙歯《らんぐいば》を剝き出しにして、嗜《し》虐《ぎゃく》的に笑った。

「そのような芝居は無用だと申しておるのに。尋常に立ち合え」

（くそっ、この浪人、全然話が通じねぇ）

由利之丞は急いで跳ね起きた。自棄《やけ》っぱちの勇気を振り絞った。

（あっちが人斬りの玄人《くろうと》だっていうのなら、こっちは芝居の玄人だぜ！）

得意の芝居で幻惑し、その隙に逃れるより他ない。

「面白《おもしれ》ぇッ！　悪党めッ、よくもこの八巻の前に姿を現わしやがったな。その勇気だけは褒めてやらぁ！」

「むっ」

浪人者の顔つきが変わる。由利之丞はますます調子に乗って叫んだ。

「だが、その向こう見ずが命取りだぜ！　オイラに討たれた悪党どもが地獄で待ってる。閻魔《えんま》の庁まで堕ちるがいいや！」

習い憶《おぼ》えた骨法術の構えを取った。

由利之丞のキンキンと甲高い声に気圧《けお》されたわけでもないだろうが、浪人者が一瞬、たじろいだようにも見えた。

（今だ！）

由利之丞は真横に跳んだ。葦の枯葉を夢中になってかき分けながら遁走《とんそう》する。

そのままドボンと、掘割の水に飛び込んだ。

浪人者は、由利之丞がなにをしたのか、一瞬理解できなかったようだ。だが、すぐに悟って叫んだ。

「卑怯《ひきょう》！　逃げるか！」

なんと言われようとも逃げるしかない。由利之丞は剣客同心などではない。否、卯之吉だって剣客同心ではないのだが、それはともかく逃げるしかない。

由利之丞は水中深くまで潜ると、水の底を這うようにして泳いだ。振袖が水を孕《はら》んで重い。袖を引きちぎりたくなったけれども、この着物、古着とはいえ、かなりの値が張ったことを思い出して、思い止まった。

息が続かない。肺が破裂しそうだ。胸が熱くて痛い。しかし、息継ぎのために顔を水面に出すのは恐い。できる限り遠くまで逃れなければならない。

泳いでいるうちに、大きな掘割の流れに引き込まれた。これは好都合である。泳がずとも遠くまで運んでもらえる。今度は袖が帆の役割を果たしてくれた。由利之丞は息苦しさで失神する寸前まで粘ってから、顔をあげた。

「プハッ……！」

水面から顔を出して息を吸う。

「いたか！」

びっくりするほど近くで、あの浪人者の声がした。さらには別の男の足音まで走り寄ってきた。

「見つからんぞ！　くそっ、八巻め、どこに隠れた」

口調から察するに、もう一人も武士、あるいは浪人であるようだ。

「石川氏《いしかわうじ》、油断いたすな！　八巻のことじゃ、どこから躍り出て、斬りかかってくるとも知れぬ！」

これは最初の浪人の声だ。二番目に現われた者の名が石川なのであろう。

「貴公がつまらぬ意地を張るからだ」

石川の苛立《いらだ》たしげな声がした。

「最初から二人がかりで挟み打ちにしておけば良かったものを、尋常に立ち合いたい、などと我意を張り――」

「黙れ！　貴様などになにがわかる」

「なにがわかるだと？　わかっておるのは貴公が尾羽《おは》打ち枯らした浪人で、金で殺しを請け負っておるということだけよ」

「貴様とて同類であろうが！」

二人は口論を始めた。揃って短気な性格らしい。

（今のうちに……）

由利之丞は音を立てぬように注意しながら、掘割を泳いだ。

水は氷のように冷たい。たちまちのうちに体温を奪われ、気が遠くなってしまったが、死にたくないという一念だけを頼りに向こう岸まで泳ぎ着き、土手を這い上がったのだった。


「――という次第さ」

由利之丞は身震いを繰り返しながら語り終えた。

水谷弥五郎は「ううむ」と唸《うな》って腕を組んだ。

「その者、金で殺しを請け負っておる、と、確かに申したのだな」

「言ったよ。若旦那の命を縮めるために、誰かに雇われたんじゃないのかい」

「わしもそう思う。そしてお前が、八巻氏と思い違いをされたのだ」

「とんだ災難だよ」

「調子に乗って、吉原で目立つ真似などするからだ」

それはさておき――と、水谷は考え込んだ。

「この一件、八巻氏の耳に入れておかねばならぬな」

「若旦那を狙っているヤツがいるってわかったんだ。弥五さんが返り討ちにしたら、またご褒美をもらえるね」

「まぁ、そうだな」

才次郎が持ち込んできた話と合わせて、伝えておかねばなるまい。

三

「権七郎様を襲う悪党と、あたしをつけ狙う悪党ですかえ」

卯之吉は袖から伸ばした生《なま》っ白《ちろ》い片腕で煙管《きせる》を構えて、プカーッと吹かした。

「なんでしょうねぇ、それは」

「なんでしょう、と申して、剣呑な話には違いあるまい」

八丁堀にある八巻家の屋敷。卯之吉の前に水谷弥五郎と由利之丞が座っている。卯之吉は由利之丞をチラリと見た。

「あたしの代わりに、ずいぶんと怖い思いをさせてしまいましたねぇ」

などと大きく構えていられるのは、まったくの他人事《ひとごと》だと思っているからだ。

我が身に関する凶事だという自覚が、いま一つ湧かないのに違いない。人は、こんな卯之吉の浮世離れした姿を見て、切れ者同心の余裕だと勘違いしてしまうわけである。

「しかし面倒な話には違いあるまい」

　水谷が渋い表情で腕組みをする。

「八巻氏は隠密廻り同心として、甲州街道を逃れた白金屋庄兵衛を追わねばならぬ。その白金屋は坂上権七郎を手にかけるつもりだ。ということは、八巻氏は白金屋から権七郎を守らねばならぬ——ということになろう」

「なるほど、そういうことになりましょうかね」

　卯之吉はいま初めて思い当たった、という顔で頷いた。

「しかしその八巻氏も、何者かが雇った浪人たちに命をつけ狙われておる。八巻氏が江戸を離れれば、これ幸いとつけ狙い、隙を見て襲いかかって参ろうぞ」

「それは、恐ろしいお話ですねぇ」

「八巻氏は、権七郎を守りつつ、己の身も守らねばならぬ。これはいささかの難事だぞ」

「剣客同心の八巻様のご手腕を以《もっ》てしても、難しゅうございましょうねぇ」

　どういうつもりかは知らないが、卯之吉は薄笑いを浮かべている。水谷は（お前は剣客などではないだろう）と思ったのだが、黙っていた。

「さて、困りましたねぇ」

卯之吉はまた、紫煙《しえん》を吹かした。

「江戸の外に出るのも面白そうだ、とは思っていましたがねぇ。そういう話になってくると、なにやら億劫でございますねぇ……」

(億劫なのか)と、水谷はまた呆れた。普通の人間は、こういう場合の嫌な気分を億劫とは表現しないであろう。

「しかし、それが貴公の役儀とあれば、行かぬわけにもまいるまいぞ」

「そうなんですよね。それに権七郎様の御身も案じられます。お命が狙われていると知っていながら、何もしないというのも、薄情な話でございますよ」

「そこでだ」

水谷がわずかに膝を進めた。卯之吉は小首を傾げた。

「なんぞよいご思案がございますかえ」

「うむ。一計を案じてみたのだ。そなたの替え玉を立てるという策は、どうであろうかな」

「あたしの替え玉でございますかえ」

「そこにいる由利之丞が身代わりを勤める」

由利之丞は、水谷と事前に話をつけて来たらしく、自分の名前が出ても驚く様子はなかった。

水谷は続ける。

「八巻氏をつけ狙う浪人どもは、由利之丞こそ同心の八巻氏だと思い違いをしておる。そこが付け目だ。由利之丞を囮《おとり》にして浪人どもを引きつける。その隙に八巻氏は白金屋と、白金屋が雇った悪党どもを捕縛すれば良い」

「ですがね、それだと由利之丞さんの身が危ういのではございませんかねえ」

「由利之丞はわしが守る。それに由利之丞は骨法術を身につけておるし、身も軽い。案ずるには及ばぬぞ」

「実はさ、若旦那。もうすぐウチの小屋で新作の芝居がかかるんだけど……」

由利之丞が口を挟んできた。

「その芝居に、なんとか、オイラの役をつけてもらえないものかねぇ？」

金の力で台詞《せりふ》のある役をねじこんでもらいたい、という魂胆《こんたん》らしい。この時代の芝居は実におおらかだから、芝居の筋に関係のない人物を登場させたりすることは、ごく普通に行われていたのだ。

それにしても、臆面もなく交換条件を持ち出してくるあたり、由利之丞ならではの図々しさだ。水谷はいささか恥ずかしげにしている。

「……という次第でな、由利之丞は八巻氏のために働くと申しておる」

「はぁ、そういうことなら、お頼みしますけれども」

やっぱりいま一つ理解しきれていない顔つきで、卯之吉は頷いた。

こんな条件など提示されなくとも、由利之丞に役をつけてやるぐらいのことはいつでもできる。

「さて」

水谷が努めて明るい声を出した。

「そうと決まれば、我らも旅の支度《したく》をせねばならぬな。忙しくなるぞ！」

そう言って、高らかに笑い声を響かせた。

やっぱり気恥ずかしかったらしい。


「八巻を襲ったのでございますかぇ」

天満屋が憮然《ぶぜん》として座っている。その前には昨夜、由利之丞を襲った浪人剣客の姿があった。

「岩田《いわた》様。くれぐれも勝手な振る舞いはなされぬようにと、申し上げておいたではございませぬか」

「闇討ちの好機だったのだ」

岩田は不愉快そうに顔をしかめた。

天満屋の隠れ家の座敷。陽の当たった障子が眩《まぶ》しい。障子の白さに照らされた岩田の顔は浅黒く、左の頬に古い刀傷があり、そのせいで唇の端が斜め上に引きつっていた。歳の頃は三十代の後半であろうか。凄《すご》みの利いた悪党面の持ち主である。

「彼奴めは、たった一人で歩いておった」

「一人で？　銀八とかいう小者はどうしたのです」

「知らぬ。見たところ腰に刀も差してはおらぬ。そこでわしは、仕留めるのならばこの時だと思ったのだ」

天満屋はわずかに眉をひそめた。

「八巻がいかに武芸の達人とは申しましても、刀も持たずに市中の見廻りとは訝《いぶか》しい。その者、まことに八巻だったのでございますか？　人違いだったのではございませぬか」

「己の口から八巻だと名乗り、このわしに挑んで参ったぞ」

「刀も持たずにでございますか」

「柔《やわら》か骨法の身構えを取った」

「それで、どうなりました？」

「わからぬ。ヤツの姿が忽然《こつぜん》と消えた」

「消えた？」

「消えたのだ。逃げたとは思えぬ。なにしろこのわしと果たし合いをする気に満ちておったのだからな」

「逃げたのでしょうよ」

天満屋は煙管を取り出した。だが、莨《たばこ》を詰める手を止めて、考え込んだ。

「良くないことをしてくださいましたな。これで八巻は、我が身が狙われておることを悟りましたよ」

「構わぬであろう」

「なんと申されます」

「最初からわしは、正々堂々と立ち合うつもりであったのだ。次に会った時には八巻も喜んで、わしと剣を交えるはずだ」

「呑気なお考えでございますねぇ……」

「貴様のような悪党に、我ら武芸者の矜持《きょうじ》は理解できぬ。わしと八巻とは、敵同士ながら、心が通い合っておるのだ」

「……左様でございますか」

もはや何を言っても話が通じそうにない、という顔つきで、天満屋は火をつけた煙管を咥《くわ》えた。

「それでは、江戸を出る支度をしていただきましょうか」

「八巻を追うのだな」

「いかにも左様にございまする」

岩田は大きく頷くと、勇躍立ち上がり、座敷から出ていった。その足音が十分に遠ざかったのを確かめてから、天満屋は隣の座敷に声を掛けた。

「石川様、聞いていらっしゃいましたね？」

襖《ふすま》が開いて石川が顔を出した。岩田と同年配の浪人者だ。四角い輪郭の酷薄そうな顔だち。ひげは薄いが月代《さかやき》はだいぶ伸びている。

天満屋は横目で石川を見つめた。

「岩田様は、どうしたものでしょうな」

石川は憮然として答えた。

「アイツは昔からああいうヤツなのだ。いくつになっても青臭さが抜けぬ。なれど剣の腕は確かだぞ」

「左様でございますか」

「あのような剣術馬鹿でもなければ、八巻にあえて食ってかかりはしまい」

「いかにも、左様にございましょうなぁ」

「腕は立つ。ああいう男なのだと含みおいたうえで、使うことだ」

そういう石川もなかなか面倒臭そうな男である。いちいち理屈っぽくて説教がましい。

「石川先生も八巻を追ってくださるのでしょうな」

「金で請けた仕事を、いまさらここで断るわけにも行くまいよ」

「追ってくださるのですな」

「しかし、俺の見るところ、岩田の腕でも、八巻と互角に立ち合えるかどうかはわからぬ。あと何人か、使い手を揃えたいところだな」

軍師のような物言いをするが、要するに、自分自身が不安なのであろう。

「八巻が江戸を出るのなら、好都合だとは思わぬか」

石川は身を乗り出してきて、意味ありげな笑みを天満屋に向けた。

「多摩郡の田舎者であれば、八巻の恐ろしい噂も耳には入っておるまいぞ。街道筋の悪党どもを雇い入れることができるはずだ」

雇い入れて助太刀を増やせと言いたいらしい。

「すでに駆り集めておりますよ」

天満屋は目も合わせずにそう言った。石川はムッとした様子であったが、自分も天満屋に雇われた身だ。怒りを押し殺して腰を上げた。

「ふん。さすがは天満屋の元締だ。左様ならばわしは何も言うことはない」

皮肉めいた口調でそう言うと、

「それではな。旅の支度をせねばならぬので失敬する」

そう断って、座敷から出ていった。

天満屋は煙管を吹かし、フウッと紫煙を吐きだした。今の江戸には、ろくな悪党がいない。

四

その日の夕刻、荒海一家の寅三が、子分衆の粂五郎《くめごろう》とドロ松を引き連れてやってきた。卯之吉が甲州街道に送った飛脚から手紙を受けて、江戸に戻って来たのである。

「いよいよ旦那のご出役《しゅつやく》でございやすかい！」

寅三は勇み返っている。

「隠密廻り同心のお役に就かれたとは、ますますもって畏《おそ》れ入りやしたぜ」

卯之吉は台所の板敷きに、チョコンと座っている。

「畏れ入ったと言うのかねぇ？　呆れ果てたと言うべきか」

ブツブツと呟《つぶや》いたのだが、寅三たちの耳には届かなかったようだ。

ドロ松も身を乗り出してきた。

「オイラたちが旦那のご出役の脇を固めるって寸法でござんすね！　合点承知だ。悪党どもにゃあ旦那のお身体に、指一本たりとも触れさせるもんじゃあござんせん！」

「生意気を抜かすな」

寅三が窘《たしな》める。

「旦那をどなただと思っていやがる。江戸でも五本の指に数えられようかってぇヤットウ使いだ！　俺たちのほうが守っていただくことがあったとしても、俺たちが守って差し上げることなんかねぇんだよ」

「まったくだ」

一家の三人は声を揃えて笑った。

「そこなんだけどね……」

卯之吉は盛り上がる三人を遮《さえぎ》るようにして、口を開いた。

「皆に守ってもらいたいのはあたしじゃないのさ」

一家の三人は不思議そうな顔をした。寅三が訊ねる。

「じゃあ、どなたさんを守れっていうご下命《かめい》でございますかえ」

「由利之丞さんだ。八巻サマの替え玉だよ」

「むむ」と寅三は唸った。

「またぞろ、悪党どもを罠にかける策を巡らしておいでにございますな」

「そういうことだね。由利之丞さんが悪党どもの目を引いてくれる。悪党どもは由利之丞さんをあたしだと思って追いかけるはずさ。そこで寅三さんたちが由利之丞さんのお供をする」

「面白ぇ！」

粂五郎が叫んだ。

「襲いかかって来る悪党どもをオイラたちで返り討ちにするって策ですな！」

粂五郎は荒海一家でも一、二を争う武闘派だ。喧嘩は望むところである。

寅三も頷いた。

「それに、俺たちが由利之丞にくっついていれば、ますます由利之丞が八巻様らしく見えるって寸法ですな」

「そういうこと。頼まれておくれかねぇ？」

「なに水臭《みずくせ》ぇことを仰ってるんですかい。俺たちは旦那の子分ですぜ。旦那に命じられたら、火の中だろうが飛び込みやすぜ！」

「それは心強いねぇ。それじゃあ、頼んだよ」

卯之吉が奥に声を掛けると、旅装の野袴と羽織をつけた由利之丞が出てきた。腰には刀も差している。

「馬子《まご》にも衣装たぁこのことだ。ご立派なお役人様に見えるぜ」

粂五郎が、褒めているのか貶《けな》しているのか判断に困る物言いをした。由利之丞は唇を尖らせた。

さらには水谷弥五郎も出てきた。こちらは旅慣れた浪人なので、旅姿も簡素に纏《まと》めている。

「それでは水谷様。万事頼みましたよ」

「任せておけ。由利之丞、笠をつけよ」

由利之丞に笠を深く被るように命じる。細い顎と薄い唇だけならば、卯之吉本人と見分けがつかない。

「それじゃあ、ご出立《しゅったつ》いたしやしょう、八巻の旦那」

わざとらしい物言いをして、ドロ松が台所の戸口を開けた。由利之丞は、さすがに緊張した面持ちで、表道へと歩み出た。


「旦那方、出てきやしたぜ、八巻でさぁ」

才次郎が注意を促した。

才次郎と岩田と石川は、八丁堀と隣町との境に建つ蕎麦《そば》屋の二階に陣取っていた。障子を細く開けて、眼下の大路を見張っていたのだ。

三人は重なり合うようにして、障子の隙間から外を見た。

「間違《まちげ》ぇねぇ。ありゃあ水谷だ」

水谷弥五郎は、わざと顔を晒《さら》して歩いているのだが、そうとは気づかぬ才次郎は、まんまとその手に乗った。

「左右を固めていやがる連中にも見覚えがあらぁ。あれは荒海一家の子分どもですぜ」

石川も目を凝らす。

「真ん中の、笠を被った男が八巻か。むむ、笠が邪魔して面相がよく見えぬ」

岩田が大きく頷いた。

「八巻に間違いあるまい。あの身体つきには見覚えがある。一度は立ち合った相手だ。見忘れるものではないぞ」

「西へ向かっておるな」

石川の言葉に才次郎が「へい」と頷いた。

「あっしの口車に乗っかって、白金屋を捕まえに行くのに違ぇねぇ」

「それにしても」と石川が憎々しげに言う。

「供の者を四人も引き連れおって。殿様気取りではないか!」

「フン、その驕《おご》りもこれまでよ」

岩田は刀を摑んで立ち上がった。

「この旅立ちを、死出の旅路としてくれよう」

石川と才次郎も立ち上がる。三人で階段を降りた。これから八巻を追うのである。

外に出ると、ずいぶんと辺りが薄暗くなっていた。

「夕刻間近に出立とは、隠密廻り同心も楽ではないな」

石川が軽口を飛ばす。

「なぁに、こっちの姿も闇に紛れまさぁ」

才次郎は不敵に笑うと前屈《まえかが》みになって歩き始め、その後ろを無言で岩田が続いた。

「さぁて、そろそろあたしたちも出立しないといけないねぇ。銀八、ちゃんと戸締りをしてくれたかい？」

まるで遊山《ゆさん》にでも出掛けるかのような口調で卯之吉が言った。

「へい、へぇい」

旅の荷物を背負った銀八が出てくる。さらには美鈴までもが、裁着袴《たつつけばかま》に打裂《ぶつさき》羽織の旅装姿で現われた。

「おや美鈴様。どちらへお出かけでございますかえ？」

美鈴は愛らしい唇を尖らせた。

「わたしもお供をするのです」

「おやおや。そこまでなさらずともよろしいのに」

卯之吉はヘラヘラと笑っているが、美鈴としては心配でならない。隠密廻り同心は潜入捜査をする役目だ。当然に危険が予想される。

そのうえ卯之吉は命を狙われている。由利之丞が刺客を引きつける囮役を買って出てくれたとはいえ、安心のできる状況ではない。

美鈴は卯之吉の装束に目を向けた。

「しかし、そのお姿は……」

笠を手にして、上物の被布《ひふ》を着け、尻《しり》っ端折《ばしょ》りした脚には薄い藍色のパッチを穿《は》いている。革の足袋に草鞋《わらじ》履き。腰には〝道中差《どうちゅうざし》〟という短めの刀を差していた。

どこからどう見ても、旅をする商家の若旦那にしか見えない。当たり前の話だけれども、若旦那姿がきまり過ぎている。

（これは、どうしたものであろうか……）

曲者の悪事を見届けた後で「南町奉行所隠密廻り同心、八巻卯之吉である！」などと名乗りを上げても、多分、誰にも信じてもらえないに違いない。

銀八が大荷物を風呂敷に包んで担き上げた。いったい何が入っているのであろうか。卯之吉のことだから旅先でも贅沢《ぜいたく》しようと考えて、いろいろと持って行こうとしているのに違いない。

「さて、これでいいですかね？　それじゃあ出立しましょうか」

卯之吉が戸口に向かったところで、銀八が慌てて呼び止めた。

「若旦那、若旦那！　大事な物をお忘れでございますよ」

房のついた十手を両手で捧げる。

「おや、なんだえ、それは？」

卯之吉は目を丸くした。その非常識な物腰に、見ている美鈴のほうまで目を丸くした。

銀八もいい加減に呆れ顔である。

「若旦那のご身分を証《あか》してくれる十手でございますよ。沢田様から預かってきたのでしょうに」

「ああ、そうだったね」

卯之吉は十手を受け取った。柄《つか》を握るのではなく、指で摘《つ》まんでプラプラと振りながら眺めていたが、

「要らない」

と、銀八に突き返した。

「要らないって、そんな罰当たりな」

「だってさ、こんな物を帯に差していたら歩きづらいよ」

それはそうだろうけれども、これはそういう価値観で語られる物ではない。

「お前に預けるよ。預かっておいておくれ」

十手を押しつけられた銀八は「ヒイッ」と喉《のど》を鳴らした。

「え、えらいことになっちまったでげす……」

銀八は背中から下ろした荷物の奥に、大事な十手をしまい込んだ。

(失くしてしまったりしたら、どんなお咎《とが》めを受けるか知れないでげす)

奥に押し込んだりしたら、肝心の時に取り出せなくなるのではないだろうか、などとは、まったく考えもしなかった。

「それではいいかな？　じゃあ出立しましょう。……ああ、江戸を離れるのは久しぶりだ。心が躍るねえ」

卯之吉は勇躍、表に踏み出したのだが、途端に寒風に吹きつけられて身を震わせた。

「おお寒い。こんな季節に出立を命じなくたっていいのにねぇ。沢田様もお人が悪い。梅の便りが届いてからでも――」

「物見遊山の旅じゃねぇんでげすから」

「ああそうだっけねぇ。仕方がないねえ」

卯之吉の後ろで銀八が戸を閉めた。美鈴も笠を頭に被った。

「それじゃあ行こう」

卯之吉が明るい声を出した。夕闇の迫る空を見上げる。

「今夜の泊まりは内藤新宿だね。内藤新宿も、しばらく見ないうちに立派な遊里になったたって話だ。楽しみだねぇ」

早くも今宵の遊興に心躍らせているらしい。

「ちょっと若旦那！　遊びに行くわけじゃねぇんでげすから」

銀八が窘めるが、それで翻意する卯之吉ではない。そそくさと足早に歩き始める。もちろんお役に励むためではなく、内藤新宿に乗り込むためだ。

なんとかして、思い止まらせねばならないのだが、

「旦那の遊びを引き止める幇間《ほうかん》なんて、聞いたこともねぇでげす」

銀八はガックリとうなだれた。

五

卯之吉と銀八は連れ立って歩く。二人から四、五間（七〜十メートルほど）の距離を隔《へだ》てて美鈴が続いた。美鈴に言わせると、卯之吉からある程度の距離を置いたほうが、卯之吉を狙う曲者《くせもの》に気づきやすい、とのことであった。

もちろん、若い娘の身としては、夫婦者のように旅することはできないと思った、ということも、あるであろう。

四谷は細かい谷間が連なる地形だが、甲州街道は大地の上を延びている。大木戸を過ぎると、急に長閑《のどか》な農村地に変わり、その先に目指す内藤新宿の、夜の明かりが見えてきた。

街道の宿場は、幕府の道中奉行より遊里の運営を認められていた。宿場の維持には金がかかる。遊里の上がりを流用しようと考えたのだ。

内藤新宿は、甲州街道と青梅道《おうめどう》との追分《おいわけ》を中心にして栄えている。青梅は石灰の産地で知られ、石灰は白壁の原料として大量に必要とされていた。石灰を詰めた俵を載せた馬がひっきりなしに行き来している。そのため、道のいたる所に馬糞が散乱していた。「四谷　新宿　馬の糞」と世に謳《うた》われたとおりの光景である。

さらには青梅には、普化僧《ふけそう》（虚無僧《こむそう》）の本寺である鈴法寺《れいほうじ》がある。虚無僧が僧籍を置く寺は日本にたったの三カ寺しかない。巷《ちまた》で見かける虚無僧たちは、全員が、その三カ寺に属する僧侶なのだ。鈴法寺に所属する虚無僧たちは、青梅道を歩いて江戸に托鉢《たくはつ》（家々の前で尺八を吹く）にやってくる。馬の糞と、風に舞う石灰と、尺八を吹く虚無僧が、内藤新宿の景色を構成していたのだ。

夕刻、陽が沈んでから卯之吉は内藤新宿に乗り込んできた。問屋場《といやば》には煌々《こうこう》と篝火《かがりび》がたかれていたが、さすがに馬の姿も虚無僧の姿も見当たらなかった。馬糞は宿場に雇われた者たちが掃除をして回っている。暗い夜道ではあったが、うっかり踏んでしまう心配もいらなかった。

「ああ、やっと到着したねぇ」

四谷の大木戸からは目と鼻の先だというのに、長旅を終えたみたいな顔つきで、卯之吉は笠を脱いだ。

内藤新宿は、甲州街道の起点である日本橋から二里（八キロメートル）の距離にある。美鈴の足なら日が落ちる前に次の宿場の高井戸にまでたどり着けたであろう。しかし、普段、猪牙舟《ちよきぶね》や辻駕籠《つじかご》を愛用している卯之吉は、蛞蝓《なめくじ》のように足が遅い。

内藤新宿には旅籠《はたご》が二十四、五軒ほど建っていたというが、そのほとんどが飯《めし》盛《もり》旅籠であった。遊廓そのものである。吉原を真似《まね》てベンガラ格子の張見世《はりみせ》を出し、白首《しらくび》の遊女を座らせている。吉原以外でこの業務形態を取ることは禁じられているはずなのだが、道中奉行配下の役人たちも、見て見ぬふりをしているようであった。

「なんだか、時化《しけ》た宿場でげすなぁ」

内藤新宿の通りを見て、銀八が憚《はばか》りのない感想をもらした。

「吉原どころか、品川どころか、板橋にも遠く及ばないでげすよ」

東海道の品川宿も遊里として知られている。旅籠（遊廓）はおよそ百軒ほどもある。日光街道の千住宿と、中山道の板橋宿には、それぞれ五十軒以上の旅籠があった。内藤新宿は品川宿の四分の一。千住、板橋の二分の一。まだまだ小さな、田舎染みた遊里であったのだ。

「まぁ、それも一興ですよ」

小さかろうが田舎臭かろうが、卯之吉は気にしない。気にするようなら銀八を連れ歩いたりはしない。

「この旅籠が良さそうだ」

卯之吉は目についた一軒の旅籠に足を向けた。そのまま登楼《とうろう》しようとしたのであるが、銀八に背後から、はがい締めにされて止められた。

「わっ、若旦那！　そいつぁいけやせんでげす！　今夜は、美鈴様がいらっしゃるでげすよ！」

美鈴の目の前で遊廓などに入ったら、いったいどんな恐ろしい事件が起こるか知れない。

「なんだいお前。このあたしに、難波講《なにわこう》に泊まれって言うのかい？」

難波講とは飯盛女（遊女）を置いていない〝特殊な旅籠〟のことである。それぞれの宿場に一軒か二軒ずつほどあったようだ。わざわざ「この旅籠に遊女は置いていません」と看板を掲げておかねばならなかったのだから、江戸時代の旅籠がどのような存在だったのかが窺《うかが》える。

「だけどねぇ。このあたしが難波講なんかに泊まったら笑われるよ。評判に傷がついてしまうよ」

どうやら遊び人としての評判を気にしているらしい。同心としての評判はまったく気にしていないようだ。

「美鈴様のお怒りのほうが恐ろしいでげすから！」

銀八は離れて立つ美鈴のほうにチラチラと目をやりながら、声をひそめて卯之吉に訴えた。

「いいえ、あたしはどうでも登楼しますよ。放しておくれ」

卯之吉は銀八の腕を振りほどこうとする。

「いったいそこで何をしているのです？」

街道の真ん中で、はがい締めにし、はがい締めにされ、揉《も》み合う二人を見て、美鈴は不思議そうに首を傾げた。

その時であった。

「旦那！」

卯之吉にすり寄ってきて、声を掛けてきた者がいた。

「おや、あんたは荒海一家の……」

「へい。巳之松《みのまつ》でげす」

権七郎を巡っての一件で密偵を務めた若衆だ。目端《めはし》が利いている、ということで、三右衛門から目を掛けられていた。

巳之松は低頭を寄越しながら、ニヤリと笑みを向けてきた。

「頭《かしら》が、旦那のご到来を待っておりやす。どうぞ、こちらへ」

腰を屈めたまま、手のひらを宿場の奥へ向けた。

そういう話になれば、いくら卯之吉でも、ここに登楼するわけにはいかない。

それにである。荒海ノ三右衛門は街道筋に兄弟分をたくさん抱えた大親分だ。

内藤新宿の顔役とも顔が通じているはずなのだ。おそらくは宿場一の旅籠の、一番上等な座敷を用意してくれているのに違いなかった。

三右衛門の紹介とあれば、美鈴も口うるさいことは言わないだろうし、言ったとしても、その矛先《ほこさき》は三右衛門に向けられる。

「ようし。それじゃあ行こうか。案内しておくれ」

卯之吉は上機嫌になって歩きだした。


「ここでげす」

そう言って巳之松が示した建物の暖簾《のれん》を見て、卯之吉はアングリと口を開けた。

「ここは……、博徒の親分さんのお住まいじゃないか」

戸口に下ろされた暖簾は真っ赤な生地で、その真ん中に巨大な〝鬼〟の一文字が染め抜かれていた。軒に吊るされた提灯《ちょうちん》も真っ赤で鬼の一文字。桃太郎でも逃げ出したくなる物々しさだ。

「旦那のお着き！」

巳之松が暖簾の奥に声を放つ。即座に中からわらわらと、強面《こわもて》の男たちが飛び出してきた。列を作り、卯之吉に向かって腰を屈めて低頭した。

「ようこそ、おいでくだせぇやした！」

裸身の胴に晒しを巻き、鬼の文字が入った看板（法被）を羽織った男たちが、野太い声を揃えて挨拶を寄越す。その恐ろしさときたら、銀八などは思わず美鈴に飛びついてしまったほどだ。

間口の前に立つ若衆が暖簾を払った。五十ばかりの良く肥えた丸顔の男が、厳《いか》めしい両目をギラギラと光らせながら歩み出てきた。

じつにふてぶてしい顔つきだ。臆することなく卯之吉に視線を据えてくる。役人を役人とも思っていないのに違いない。それだけの実権を、この界隈《かいわい》で握っているのだ。宿場役人たちも街道筋の親分たちの力を借りないことには何もできない、そういう時代である。

卯之吉も、人を食ったような顔つきで、笑みなど浮かべながら立っている。こちらは生まれついての怖いもの知らずだ。その微笑《ほほえ》みには特に理由があるわけではない。

だが、これだけのヤクザ者たちに取り囲まれて微笑していられる男は滅多にいない。親分は眉間のあたりをヒクッと震わせ、更《あらた》めてまじまじと卯之吉を睨んだ。

そんな息詰まる空気を吹き払うかのように、三右衛門が飛び出してきた。

「旦那！　ご無事のお着きで」

「荒海の親――じゃなかった三右衛門」

皆の見ている場所では呼び捨てにしないと拙《まず》いらしい。それはともかく卯之吉はカラカラと笑った。

「たったの二里を歩いてきただけなのに、ご無事のお着きもないものだよ」

三右衛門が冗談を言ったのだと思ったので、愛想で笑ってあげたのだが、そんな姿がいかにも余裕ありげに見える――などとは当人は、まったく考えてもいない。

三右衛門はニヤリと笑って、横に立つもう一人の親分に目を向けた。

「どうでぃ。あの御方がオイラの旦那だぜ」

自慢げに低い鼻をヒクつかせた。

親分は卯之吉を見据えたまま足を踏み出した。子分たちがサッと道を空けた。

「お初にお目を汚しやす。手前が、閻魔前ノ鬼兵衛《えんままえのおにべえ》にごぜぇやす」

「ほう」

卯之吉が目を丸くした。

「それはまた、おっかない名前をつけたものだねぇ。お前様のおっかさんは鬼子母神《きしもじん》サマかえ？」

三右衛門だけが爆笑した。

鬼兵衛は苦虫を嚙み潰したような顔で黙り込んでいる。子分たちは、いつ親分が激昂《げきこう》するかと、戦々恐々としている。

「立ち話でもなんだ。やい閻魔前ノ。旦那に上がっていただいたらどうだえ」

「おう」

三右衛門に言われて鬼兵衛が頷いた。

「小汚《こぎたね》ぇ所でござんすが、どうぞ、お上がりくだせぇやし」

卯之吉は禍々《まがまが》しげな俠客の家を一瞥《いちべつ》して、

（楽しい宴は、期待できそうにないねぇ）

など内心落胆した。それだけを楽しみに歩いてきたのに残念だ。

とはいえ、それを顔に出すような無粋《ぶすい》な真似はしない。通人や粋人というものは、どんな事態が起こっても泰然と、あるいは楽しげにしているものだ。つまらないから「つまらない」などと不貞腐れるのは子供にだってできる。つまらないのなら自分の力で楽しくしてしまえば良い。それぐらいの芸事ができて、初めて一人前の遊び人なのであった。

（さて、この御方たちには、何をして差し上げると喜んでいただけますかねぇ）

などと思案しながら、一通り子分たちを見回した。

子分たちは卯之吉のことを、剣の達人の人斬り同心だと信じている。意味ありげな薄笑いを浮かべつつ、一人一人の顔を見つめられ、揃って震え上がったのであった。

第四章　内藤新宿

一

卯之吉は奥の座敷に通された。

鬼兵衛が組を構えるこの家には、宿場役人や道中奉行の配下もやってくるのであろう。座敷の造りには金がかかっていた。

床ノ間の掛け軸は地獄の閻魔様であった。閻魔の庁に引き出されて裁きを受ける亡者《もうじゃ》までもが克明に描かれている。

「ふむ」

などと唸《うな》りながら卯之吉は掛け軸に見入っている。下座に座った鬼兵衛たちには背中を向けているわけで、これにはさすがの鬼兵衛も対処に困った。

　鬼兵衛の子分が、恐る恐る、

「あの……、行灯《あんどん》をお持ちしましょうか」

　などと訊ねてきた。夜の座敷は暗いので、絵もよく見えないのに違いないと気を利かせたのだ。

　卯之吉はクルリと向き直って、座り直した。

「いらない。明日、明るくなってから、もっと良く見せてもらうとするよ」

「そこまでお気に召したのでしたら、お近づきの印に差し上げますが」

　鬼兵衛が言う。卯之吉は首を横に振った。

「そんなつもりじゃないよ。閻魔様の掛け軸を飾っとくなんて、珍しいお人がいたもんだ、と思っただけさ」

　あけすけな物言いに面食らった鬼兵衛は、

（この役人は、いってぇなんなんでぇ）

　という顔をした。その横では三右衛門がますます笑み崩れている。

「お前さん、閻魔前ノと、二つ名をお名乗りのご様子だけど、それと関わりがあるのだろうね。閻魔様を信心なさっておいでなのかえ」

　卯之吉に問われた鬼兵衛は首を横に振った。

「あっしの塒《ねぐら》は太宗寺《たいそうじ》さんの御門前にございまさぁ。太宗寺さんは御存知のように閻魔様をお祀《まつ》りしておりやす」

「へぇ、そう」

いらぬ知識ばかりを溜めこんでいる卯之吉だが、信心には疎《うと》い。

鬼兵衛は構わずに喋り続ける。

「そんなわけで世間の者どもは、あっしのことを〝閻魔前ノ〟と二つ名で呼びやがりやす。閻魔様の前に控えているのは鬼だから、閻魔前の鬼だ、などと悪たれをつきやがるものですから、こっちも、そんなら鬼兵衛を名乗ってやらあ、と開き直ったような話でごぜぇやして」

「ふうん」

「あっしのところにゃあ、悪党ばかりが押しかけて参《め》ぇりやすのでね。閻魔様の絵でも飾っとけば、悪党どもも少しは悪事を憚《はばか》るんじゃねェかと思って、そんな軸を掛けておくんですがね」

その悪党というのは、主に役人たちのことであろう。宿場役人、道中奉行配下の役人、農地の検見《けみ》（作況指数の調査）に赴《おもむ》いた勘定奉行所の役人や関東郡代の役人、時には参勤交代の大名の家臣たちも訪れるかも知れない。何事か強要したり、心付けを要求したり、やりたい放題をするのが、街道を行く役人という手合いであった。

それを堂々と卯之吉の前で皮肉る度胸はたいしたものだ。鬼兵衛は卯之吉の本性を知らない。三右衛門から、あることないことならぬ、ないことないこと吹き込まれ、江戸一番の辣腕《らつわん》同心だと信じ込まされているのであろうに、この臆面のなさだ。ある意味で挑発的とも言える。

しかしやっぱり卯之吉は卯之吉なので、そんな挑発はまったく通じないし、挑発されていると理解しようともしない。頭から無視するような顔つきで澄ましかえり、口許には笑みなど浮かべている。

鬼兵衛は内心舌打ちした。

（このすましぶりは只事《ただごと》じゃねぇぜ）

鬼兵衛は生まれつき病的なまでの負けず嫌いである。そんな性格だからヤクザ者にしかなれなかったし、そんな性格だから内藤新宿を牛耳《ぎゅうじ》る顔役にまで上りつめたのだ。

役人の権威など屁《へ》とも思わない。実力も伴わぬ若造が、鬼兵衛の前で役人ヅラなどしようものなら、四方八方に手を尽くして失脚に追い込んだりもしてきた。

（そんなオイラが、この野郎の前では……）

なにやら気後《きおく》れさせられてしまう。

（この野郎には、世間の道理がいっさい通用しそうにねぇ）

鬼兵衛は、自分には人の本質を見抜く眼力があると自負している。そしてこれまでの人生で様々な人間の本性を見抜いてきた。

（だけどよ、コイツはどんな人間の型にも当てはまりそうにねぇぞ）

もしも徳川将軍が目の前に現われたなら、きっと、このようなお姿なのではあるまいか。この同心は人ではない。世間の枠には収まらない別の生き物だ、と、鬼兵衛は感じた。

（オイラをこんな気持ちにさせやがったのは、コイツで二人目かも知れねぇ）

一人目は、鬼兵衛を拾って一人前の侠客に育ててくれた恩人だ。もう死んでしまったが、十数年前まで内藤新宿を仕切っていた。

さしもの鬼兵衛も、この親分の前では小さくならざるをえなかった。それぐらいに大きな男であったのだ。

（クソッ、このオイラが、胴震いなんかしていやがるぜ）

得体の知れない生き物は恐ろしい。

気がついた時には鬼兵衛は、畳に両手をついていた。

「なにとぞ、この鬼兵衛一家を、よろしくお引き回しくだせぇ」

すると同心は「フフン」と笑った様子であった。

「よろしくお願いしたいのはこちらのほうさ。なにしろあたしは、街道筋のことなんか、なんにも知らない」

開けっ広げに過ぎる物言いである。だが卑屈ではないし、こちらにおもねる様子でもない。

鬼兵衛の実力を認めた役人たちは、時として鬼兵衛の歓心を惹《ひ》こうとしたり、おべっかやお為《ため》ごかしにしか聞こえない物言いをしてくることもあった。

鬼兵衛は、役人に親しげな顔を向けられても、むかっ腹を立てたり、軽蔑したりするだけだ。役人のほうから望まれても、馴《な》れ合ったり、親しんだりは絶対にしない。

八巻卯之吉という役人は、自分で言うように、街道筋のことなんかなにも知らないのに違いない。だが、

（この野郎は、本心では、オイラのことなんか、あてにしちゃいねぇ）

当たり前である。卯之吉は役目を果たすつもりなどまったくない。だから、誰かの力を借りたいとも思っていないし、その必要も感じていない。

そんな無責任だとはまったく思わぬ鬼兵衛は、激しく混乱して、忙《せわ》しなく思案を巡らせ続けた。

(自分の力でいくらでも、この難所を乗り切る自信があるのか)

鬼兵衛は卯之吉の顔を凝視した。

卯之吉は相も変わらず、余裕たっぷりに微笑《ほほえ》んでいる。

(こいつは大《て》ぇした大物だ。そうじゃねぇのなら大悪党だぜ)

鬼兵衛は心の中で毒づいた。

「ところで旦那」

三右衛門が横で口を開いた。

「旦那のお命をつけ狙う浪人者が現われたって、耳にしやしたが」

「ああ、そう。そうなんだよ」

卯之吉は(いま思い出した)という顔をした。まさか本当に、いま思い出したとは思わない。命に関わる話なのだから気にかけていない者がいるはずがない。

(この余裕……。手前《てめ》ぇのヤットウの腕によっぽどの自信があるってことか)

たとえ何十人もの凶徒が束になって襲いかかって来たとしても、一人残らず返り討ちにする。その自信がある——そういう顔だ。

三右衛門も、格別、心配している様子もない。

「頂戴したお手紙によれば、そのうちの一人は石川って名前ぇだそうですな」

卯之吉は頷いた。

「石川なんてお名前のお侍様は、いくらでもいらっしゃいますからねぇ。それだけじゃあ、なんの手掛かりにもなりはしないよね」

「ですが旦那、旦那のことを、大名家の剣術指南役にも勝る遣い手だと知ったうえで、殺しを請け負った連中ですぜ。頼んだほうだって、これぞと見込んで頼んだのに違ぇねぇ。それなりに名の知れた人斬り野郎じゃねぇんですかい」

「石川？」

黙って聞いていた鬼兵衛だったが、ふと思い出したことがあって、さらに記憶をたぐらせた。

「石川左文字《さもんじ》……？」

「なんでぇ」

三右衛門が横から顔を覗きこんでくる。

「心当たりがあるってのかい、兄弟」

「おう」

鬼兵衛は頷いて、太い腕を組んだ。

「ちっとは知られた人斬り浪人だ。悪党のオイラの目で見ても、ゲスな策を弄する糞野郎でな。汚《きたね》ぇ手を使って人を殺しちゃあ小金を稼いでいやがるのさ」

鬼兵衛は噂で耳にした、石川の悪行の数々を物語った。三右衛門は鼻先で笑い飛ばした。

「旦那は剣の腕が立つだけじゃねぇ。智慧の巡りも折り紙付きさ。智慧比べなら決して負けるもんじゃねぇ」

たいした自信だと思って今度は卯之吉に目を転じる。

「そりゃあ困った」

まったく困った様子もなく、卯之吉は笑った。

「由利之丞さんも、災難だよ」

由利之丞とは誰なのか、当然ながら鬼兵衛にはわからない。

「由利之丞ってのは何者《なにもん》ですかい」

「あたしの身代わりになって、その石川さんたちを引きつけているお役者さ」

三右衛門が足りない部分を説明する。

「旦那の影武者だぜ。その石川と、もう一人の悪党を引きつけて、一網打尽《いちもうだじん》にしようって策だ」

「あたしは権七郎様の身を守らなくちゃいけない。あたし自身の身を守っている暇はないのでねぇ。あたしを殺すために雇われたお二人には、由利之丞さんを追いかけてもらっているのさ」

「ハハハ、こいつは傑作だ」

三右衛門が馬鹿笑いをした。鬼兵衛は無言で考え込んだ。

(この同心め、手前ぇのほうこそ役者みてぇな面《ツラ》ァしやがって、とんでもなく悪智慧の働く野郎だぜ)

やはり、こっちが手を貸すまでもなく、打つべき手を自分で打っている。

「でも、そんな悪いお人だと知れたら、放ってはおけないね。助けに行かないと由利之丞さんばかりか、寅三《しんぺ》さんたちの身まで危ない」

「あっしの子分どもをご心配ぇ下さって、ありがてぇ話でござんすが、なぁに、あの野郎どもは、殺したって死ぬようなもんじゃあござんせん」

「酷《ひど》いことを言うねえ」

同心と侠客の主従は仲良さそうに笑った。それを見て鬼兵衛は、激しい嫉妬《しっと》を憶《おぼ》えた。

互いに互いの力量を信頼し合い、それがゆえにどんな大敵をも恐れない。もしも太刀打ちできない強敵が現われたとしても、今のように笑みを交わしながら一緒に死んでいくのに違いなかった。

「あ、あっしで良ければ――」

意識もせずに、叫ぶように訴えていた。

「あっしと、あっしの子分どもでよろしければ、力を貸す……いいや、お力になりてぇ」

卯之吉は目を細めた。

「ありがたいねぇ」

「へっ、へいっ！　ありがてぇのはこっちでございまさぁ」

このお人の仲間にしてもらえた。それが嬉しくて、鬼兵衛は身を震わせながら拝跪《はいき》した。

二

「まったく、てぇした旦那だ」

感動しながら鬼兵衛は、ひっきりなしに莨《たばこ》を吹かした。

「あんな漢《おとこ》が、今のこの世にいたなんてなぁ……。源平合戦に出てくる、鎌倉の武士みてぇなお人じゃねぇか」

三右衛門が大きく頷いた。

「おうよ。オイラにすりゃあ、我が殿の馬前に死すとも悔いなし、ってヤツだ」

卯之吉たちを奥座敷の寝所に通した後で、鬼兵衛と三右衛門だけが座敷に残った。二人の前には貧乏徳利と茶碗酒が置かれている。若造だった頃のように、差し向かいで飲んでいる。

鬼兵衛は酒をクイッと呷《あお》って笑った。

「お前《め》ぇが同心野郎の手下《てか》になったってぇ噂を耳にした時には、三右衛門め、焼きが回りやがったか、博徒の風上にも置けねぇ——なんて思ったもんだが、なるほど、あの旦那なら仕方がねぇ。お前ぇが惚れこんじまったのも良くわかるぜ」

「そうだろうともよ」

三右衛門は遠い目をした。

「オイラたちが若ぇ頃《わけ》とは、この世の中、ずいぶんと変わっちまった。悪党も、役人も、てんで仁義を守らねぇ。これじゃあいけねぇ。このままじゃ江戸の町が腐っちまう。オイラも歳をとったせいか、世のため人のためってモンを考えるようになった。そこに現われたのがあの旦那さ」

「なるほどな。漢の残りの一生を掛けて、あの旦那のために働こうって、志したんだな」

「笑ってくれ。ガラにもねぇことをしてるってこたぁわかってる」

「無理もねぇ。あの旦那の前に出たら、誰だって、漢の魂ってモンを揺さぶられちまうぜ」

などと二人が熱く語り合っていたちょうどその頃――。


「若旦那、本当にいいんでげすか」

銀八が心配そうな声をあげた。

闇の中を卯之吉が、手さぐりで前へ進んでいる。離れ座敷を窓から抜け出し、裏庭を通って盛り場へと向かおうとしていたのだ。

「シッ！　大きな声を出すんじゃないよ。気づかれたらどうするえ」

「どっちかと言えば、気づいていただきたいでげす」

塀を乗り越えようとする卯之吉のお尻を必死で押す。

「こうまでして、夜遊びをなさりたいんでげすか」

「当たり前じゃないか。内藤新宿まで来て、遊びもせずに帰れるものかね」

卯之吉は塀の上に腹這《はらば》いになった。

「ほら、手をお出しよ」

銀八の手を引いて引っ張りあげようとする。

「お手を煩《わずら》わせては申し訳ないでげす。あっしはここで、旦那のお帰りを待つでげす」

「馬鹿を言っちゃいけない。幇間《ほうかん》の一人ぐらい連れて歩かないと軽く見られるじゃないか」

どういう意地の張り方なのかはわからないが、そこだけは退けない一線であるらしい。

銀八は辟易《へきえき》としながら、塀を乗り越えた。

「さぁ行こうか」

内藤新宿の盛り場へ向かう。

宿場町は街道に沿って長く延びている。宿場の両端には木戸があって、緊急時には閉鎖できるようになっていたが、江戸時代のほとんどを通じて、深夜でも、開け放たれていたらしい。

江戸の町は夜四ツ（午後十時ごろ）を過ぎると木戸を閉ざし、翌朝の明け六ツ（午前六時ごろ）まで通行が禁じられていた、などとも言われているが、それが事実だと仮定すると、時蕎麦《ときそば》の落語は成立しなくなるし、お江戸日本橋から七ツ発ちをすることもできなくなってしまう（朝七ツは午前四時ごろ）。

江戸時代は、夜間の通行取り締まりが極めて緩い時代であったと考えたほうが自然である。日の出前から着飾って芝居小屋に押しかけていく娘たちや、幽霊の噂を聞いて深夜に集まってくる野次馬など、傍証はいくらでもある。

夜の闇をおして内藤新宿に入った才次郎は、あらかじめ約束してあった旅籠《はたご》の前で立ち止まった。

「御免よ」

暖簾《のれん》を払って中に入る。まともな旅籠であれば、日没後の客は嫌われるが、飯《め》盛《もり》旅籠なら大歓迎だ。

才次郎は応対に出てきた旅籠の者に、「上の客の連れだ」と断り、ちょっとした心付けを握らせた。

草鞋《わらじ》を脱いで足を濯《すす》いでもらい、階段を上る。

「おう、才次郎、こっちだ」

政二が二階座敷で待っていた。膝の前には食い散らかした膳が置かれている。脇には飯盛女を侍《はべ》らせていた。天満屋の元締に支度《したく》金を渡されているので、羽振り良く、遊ぶことができたのだ。

「大事な連れだ。下がってろ」

政二は飯盛女を追い払おうとした。飯盛女は流し目で政二を見た。

「なんだい、お前様方はこっちかい」

意味ありげな手つきをする。政二はニヤリと笑った。

「まぁ、そんなもんだ。だからよ、座敷にゃあ近づくなよ」

「なんだい、気色の悪い」

飯盛女は行儀の悪い後ろ手で障子をピシャリと閉めて、出ていった。

「こっちも気色が悪いぜ兄ィ。まさか今のは本気じゃあるめぇな」

人払いの口実であってほしいと願いながら、才次郎はちょっとばかり距離をおいて座った。

政二は手酌で酒を注いで、膳をつつき回している。

「江戸から二里ばかり離れただけだってのに、もういけねぇ。膾《なます》はなくて、肴《さかな》はみんな塩漬けだぜ」

贅沢《ぜいたく》な不満を口にしてから、才次郎に目を向けた。

「どうなんだ。八巻を殺《や》ってくれそうな悪党の手筈はついたか」

才次郎は浮かない顔つきだ。

「なんとか、三人ほど雇いましたがね……」

「なんでぇ、奥歯に物の挟まったような物言いをしやがって」

「だってよ、兄ィ。この内藤新宿を仕切っていやがる鬼兵衛は、三右衛門とは兄弟分の盃を交わした仲ですぜ。ここで派手に人集めなんかしたら、三右衛門にまで聞こえちまうんじゃねぇのかと……」

「なんだよ、臆病風に吹かれちまったのか」

政二は不機嫌そうに才次郎を睨んだ。

「ほらよ。約束の金だ。天満屋の元締から預かった大事な軍資金だぜ。その三人にゃあ、しっかりと働いてもらえ」

懐から出した小判の何枚かを、才次郎のほうに投げて寄越した。才次郎は汚い手拭いで小判を包むとグルグル巻きにして、懐の奥に突っ込んだ。

「それで、八巻の野郎は、今、どこでどうしていやがる」

政二が訊ねる。この八巻とは由利之丞のことだ。才次郎は答えた。

「一つ先の高井戸に宿をとりやしたぜ」

「高井戸だ？　ずいぶんと時化《しけ》た宿場に入りやがったな」

高井戸宿は内藤新宿から二里、日本橋からだと四里の距離にある。上宿と下宿の二箇所からなり、人馬継立《じんばつぎたて》（人足や馬を貸し出しする業務）も半月交代で行っていた。つまりはそれほどに小さな宿場だということだ。旅籠はそれぞれ、三軒ずつしかなかったという。

江戸時代の旅人は、一日に八里から十里を歩くので、高井戸宿に泊まる者は少ない。日本橋から七里と少し（およそ三十キロメートル）の府中宿に宿を求める者が多かった。

政二は首を傾《かし》げた。

「八巻め、なんの魂胆があってのことだろう」

「わからねぇ。八巻の腹の内なんか、読めたもんじゃねぇですぜ」

南町の八巻は江戸一番の辣腕同心で、千里眼と評されるほどの眼力の持ち主。そんな噂を信じ込んでいる二人は、いらぬ思案を巡らせて身震いした。

「兄ィ、天満屋の元締は、なんと仰っていなさるんで？」

「元締は、これを好機と見て取って、街道筋で八巻を仕留めるおつもりだ」

政二はクイッと顎をしゃくった。

「お前ぇが新しく集めた悪党たちで、八巻を後ろからつける。岩田と石川の両先生とで、挟み撃ちにするってぇ寸法だ」

「上手《うま》くいきやすかね」

「上手くいきやすか、じゃねぇ。上手くやるんだよ」

政二は自分を鼓舞《こぶ》するように続けた。

「首尾よく八巻を仕留めることさえできれば、俺たちは江戸の町中にその名を知られた顔役になれるんだぜ」

などと嘯《うそぶ》いてみせたのだった。

「申し訳ございません。生憎《あいにく》と座敷が塞がっておりまして」

旅籠の番頭に登楼を断られ、卯之吉はションボリと外に出た。

「ほらやっぱりだ。こうなるとわかっていたら、鬼兵衛さんの所になんか寄るんじゃなかったよ」

鬼兵衛が耳にしたら憤死してしまいそうなことを口にしながら、卯之吉は夜空を見上げた。その顔は、長いつき合いの銀八でさえ、見たことがないほどの悲壮感に満ちていた。

「どこの座敷にも上がれないなんて、こんな悲しいことがあっていいものかね」

吉原や深川であれば、卯之吉は〝顔〟でどこの見世《みせ》にでもすぐに上がることができる。座敷を用意してもらえる。

しかしやっぱり内藤新宿は田舎だ。

「いっそのこと、三国屋の卯之吉だって名乗っちまおうかね。甲州からも御蔵米は届くよ。三国屋の名前ぐらいは知ってるはずさ」

無理を言って座敷を確保し、料理や酒を確保しようと思案しているらしい。

「いや、やっぱり駄目だ」

卯之吉は、またも悲壮な顔つきで、首を横に振った。

「だって、今のあたしは隠密廻り同心サマだものね。身分を明かすことはできないよ」

「えっ……」

銀八は首を傾げた。

「その理屈は、おかしいんじゃねぇでげすか？　だって、南町の八巻様の正体が三国屋の若旦那だなんて、どなたも知っちゃいねぇでげす」

堂々と三国屋の卯之吉を名乗っても問題はないはずだ。

（ウチの若旦那は、やっぱりどこかおかしいでげす）

と銀八は思った。

三

「三右衛門親分……」

三右衛門と鬼兵衛が差し向かいで飲んでいる座敷に、美鈴が不安げな顔で入ってきた。

「おう、どうしたい」

三右衛門は真っ赤な酔眼を向けた。上機嫌に笑っている。しかし、その笑顔もすぐに、鬼瓦のような形相に変じることとなった。

「親分、旦那様を知らない？」

「なんだと？　奥の座敷にゃあ、いらっしゃらねぇのか」

美鈴は首を横に振った。

「布団を使った形跡がないし、銀八さんもいない」

「そりゃあ不思議だ、どういうこったい……あっ、まさか！」

三右衛門は思わず片膝を立てた。鬼兵衛が訝《いぶか》しそうに三右衛門を見る。

「どうしたい兄弟。八巻の旦那はどこにいっちまったんだよ？」

「いつもの癖が出たのに違ぇねぇぞ。旦那は夜になるとヤットウの腕が疼《うず》きだすのよ。辻斬り狩りの人斬り同心の噂は耳にしたことがあるだろう。それがうちの旦那なんだ」

「つまりなにか、旦那はお一人で表に出て、悪党狩りを始めたっていうのかい」

「おうよ。今、この甲州街道には、白金屋庄兵衛が雇った悪党や、旦那のお命をつけ狙う刺客どもが徘徊《はいかい》していやがる。旦那のご気性からすりゃあ、黙って見過ごしにできるわけがねぇんだよ！」

「どうするんだよ。旦那に任せといていいのか」

「馬鹿を言え！　万が一にも旦那の身に何かが……いいや、旦那に限ってケチな悪党なんかに負けるこたぁねぇが、しかし、旦那が戦っていらっしゃるってのに、子分のオイラが酒なんぞ食らっていられる道理がねぇ！」

三右衛門は跳ねるようにして立った。

「すまねぇ、閻魔前ノ。ここがお前ェの縄張りだってことはわかってる。だが、ちっとばかし暴れさせてもらうぜ！」

「おう！　旦那のお手伝いなら否も応もねぇ！　こっちも手を貸すぜ！」

鬼兵衛も勢い良く立ち上がった。

（これは拙《まず》いことになった）

美鈴は、この座敷に確かめに来たことを後悔した。

（旦那様は、遊興に行かれたのに違いない）

夜になると疼《うず》きだすのは剣客同心の腕ではなくて、放蕩《ほうとう》息子の遊び癖のほうである。

（いつもみたいに遊んでいる姿を二人に見られたら……）

幻滅を通り越して、怒りだすかもわからない。

（親分たちより早く、旦那様を見つけ出さないと！）

美鈴は刀を引っ摑《つか》んで表道に走り出た。

「おい、酒が足りぬぞ」

飯盛旅籠の二階座敷に陣取った男が、空になった銚釐《ちろり》を振って、濁声《だみごえ》を張り上げた。

熊蔵《くまぞう》と名乗る悪党だ。三十歳ばかりの丸顔の、逞《たくま》しく肥えた男である。半纏《はんてん》一枚の格好で、毛の生えた厚い胸板を露出させていた。

甲州街道では大勢の人足たちが働いていたが、その中にはずいぶんと質《たち》の悪い者もいた。力自慢の荒くれ者でなければ、きつい肉体労働には耐えられない。耐えきれなくなった者から辞めてしまったり、病気で倒れてしまったりするので、体力さえあれば、人格に問題があっても雇わざるを得ない。

そういう質の悪い男が、街道筋に特有の博打と女を憶えて身を持ち崩し、悪の道に転落する。

膝の前には食い散らかした膳がある。そして太い片腕で、嫌がる遊女を無理やりに抱き寄せていた。

この座敷には似たような境遇の男が二人、同席していた。一人は利介《りすけ》と名乗る若い者で、軽業師《かるわざ》崩れの小悪党だ。身軽さを活《い》かして盗みの手引きや、子供の勾引《かどわ》かしなどに手を染めている。若い者に特有の怖いもの知らずで、世の中を舐《な》めきったような薄笑いを浮かべていた。

もう一人は羽佐間甚九郎《はざまじんくろう》という浪人だ。頬の瘦せこけた般若《はんにゃ》のような顔つきで、柱に背を預けて座り、黙々と盃を呷っていた。

そこへ、階段をトントンッと駆け上がりながら、才次郎がやってきた。

「遅いぞ」

不機嫌そうに言ったのは羽佐間である。目の端でジロリと才次郎を睨みつけてきた。

「金子《きんす》の手当てはついたのであろうな」

「へい。その話は……」

三人の間に才次郎が割って入る。熊蔵が横抱きにしている飯盛女に目を向けた。それと覚《さと》った羽佐間は、

「おい、熊蔵。大事な話だ。女から手を離せ」

熊蔵は渋々、女を解放した。女は乱れた襟《えり》を掻《か》き合わせながら面《おもて》を伏せた。

「台所に行って、酒の燗《かん》でもつけておれ。わしらが呼ぶまで、この座敷に近づいてはならぬ」

羽佐間に命じられた女は返事もせず、頷きもせずに、帯の端を引きずりながら出ていった。

「さて、話の続きだ。金子を用意してきたのであろうな」

長い浪々暮らしで、すっかり金にがめつくなったらしい羽佐間は、執拗《しつよう》に才次郎に迫った。才次郎は作り笑顔で腰を下ろした。

「へぇい。これ、このとおりでございやす」

懐から小判を取り出すと、それぞれの膝の前に二枚ずつ置いた。

「ありがてぇッ」

若い利介が即座に飛びつく。熊蔵も分厚い唇を歪《ゆが》めて笑って、毛の生えた太い指で摑み取った。最後に羽佐間が、それまでとは一転して金銭には淡白そうな表情を取り繕《つくろ》い、小判を拾うと袂《たもと》に入れた。

才次郎は三人の顔を見回した。

「金を受け取ったっていうことは、仕事を請け負ったってことですぜ。その覚悟で働いてもらいやす」

「言われるまでもねぇぜ」

濁声で答えたのは熊蔵だ。

羽佐間は無表情で盃を呷りながら訊ねる。

「それで、八巻はいずこにおるのだ」

「へい。この先の高井戸で——」

才次郎が答えたその時、

「ん？　なんだ？」

利介が腰を上げて窓際に素早く身を寄せた。障子を細く開けて、下の通りに視線を落とした。

夜の街道を走り抜ける足音が、才次郎の耳にも届いた。大勢の者たちが宿場中を走り回っているらしい。しかも、この男たちは一切の言葉を発しようとはしなかった。

「怪しいな」

羽佐間が悠揚《ゆうよう》迫らぬ態度で盃を干しながら言う。才次郎もまったく同感であった。

「あいつらは、鬼兵衛一家の者どもだぜ」

障子の隙間に目を当てながら利介が言った。

愚鈍《ぐどん》な風貌ながら、見た目の印象ほどには愚かではない熊蔵が、ノッソリと腰を上げた。

「鬼兵衛一家が、なんの魂胆かは知らねぇけどよ。ここは尻を捲《まく》ったほうが良さそうだなぁ」

才次郎も同感である。

「下の帳場や台所口を通るわけにはいかねぇ。屋根づたいに逃げますぜ」

鬼兵衛は内藤新宿の顔役だから、この旅籠にも息がかかっていると考えなければならなかった。

「チッ、今夜はあの飯盛女を、朝まで可愛がってやろうと思っていたのによ」

ブツクサと文句を言いながら熊蔵が障子を開け、窓から屋根に下りた。続いて羽佐間と才次郎が、最後に利介が窓を抜けた。

「ウウッ、寒い」

卯之吉は肩を窄《すぼ》めて身震いした。

諦めも悪く、登楼できる旅籠を探して、宿場を行ったり来たりしていたのだ。

寒さよけに菰《こも》（酒樽などを包んでいる莚《むしろ》）を被っている。遠目に見たら宿無しにしか見えない姿であった。

「もう諦めて帰りましょうよ」

銀八が促すが「今にきっと、家に帰るお人が出る。座敷が空くはずだ」と言い張ってきかない。

（この執念を同心様のお役に向ければ、本当に、江戸一番の同心様になれるでげす）

などと銀八は思った。

「おや、若旦那、誰か、大勢で走ってくるでげすよ」

銀八が足音に気づいた。卯之吉も「ハッ」とした。

「いけない、銀八、隠れるよ」

菰をきつくかき寄せて、旅籠の横に積まれた樽の陰に身をひそめる。まったくもって、宿無しの浮浪者にしか見えない。

男たちの足音が通りを走り抜けていった。卯之吉はヒョイと顔だけ突き出して、男たちの背中を見送った。

「鬼兵衛さんのところの子分さんたちだ。ああ危ない、危ない」

銀八はいい加減、呆《あき》れ果てた。

「若旦那が抜け出したことが知れたのに違ぇねぇでげす。きっと若旦那を探しているんでげすよ。夜道を走らせておくのは可哀想でげす。さあ、帰りましょう」

「ううん。そうかねぇ……」

卯之吉は気乗りのしない顔で立ち上がった。その時、

「旦那様！」

美鈴の鋭い声がした。

「そんな所で、しかもそのようなお姿で、いったい何をなさっているのです！」

「あちゃー」と声を上げ、しかめツラを平手で叩いたのは銀八だ。

「一番面倒なお人に見つかってしまったでげす」

侠客一家の若い衆を誤魔化すことはできても、剣客である美鈴の目を盗むことはできなかったのだ。卯之吉はなおも菰を被って身を隠そうとしたが、銀八が横に立っていたのではなんの意味もない。

「旦那様！」

美鈴に菰を払われてしまった。卯之吉は照れくさそうに笑った。

「ええと、これも夜中《やちゅう》の見廻りですよ」

「嘘ばっかり！　あたしは三右衛門さんのように騙《だま》されたりはしません！」

美鈴は卯之吉の襟首をひっ摑んで立たせようとした。

「すぐに鬼兵衛さんの所にお戻り頂きます！　こんなお姿を親分二人には見せられません！」

「本当にあたしは見廻りをしようと……これも隠密廻り同心のお役でございまして、あっ！」

卯之吉は突然、あさってのほうを指差した。

「あそこの屋根に、怪しげなお人たちが！」

慌てた様子でそう言ったが、美鈴は見向きもしない。

「騙されません。あたしが横を向いた隙に逃げ出そうという魂胆ですね」

「そんなケチな真似《まね》はいたしませんよ。ほら、ほら、あそこに！」

美鈴は、疑わしげに卯之吉を見つめながら、チラッと視線を横に向けた。そして「あっ」と叫んだ。

「旦那様、男が四人、屋根の上を歩いております」

「ええ、そうですよ。さっきからそう言っています」

卯之吉は首を傾げた。

「こんな夜中に屋根葺き職人さんが仕事をしているとも思えない。火事場や花火のご見物でもなさそうだ」

「いったいなんでしょう」

「屋根づたいに旅籠を抜け出てきたのですから、表の帳場を通ることができない御方たち、つまりは枕探しのような盗人か、旅籠代の踏み倒しか、まぁ、ろくなお人たちではないでしょうね」

「それなら呑気《のんき》にはしていられません」

美鈴は腰の刀を差し直して、走り出そうとした。

「お待ちなさいませ。どこに行かれるおつもりです？」

「曲者《くせもの》を捕らえるのです」

「危ないですよ。放っておきましょう」

美鈴の身を案じてそう言ったのだが、美鈴は頬を膨らませた。

「旦那様は隠密廻り同心ではございませぬか」

そう言うと美鈴は地面を蹴って走り出した。

銀八が卯之吉に訊ねた。

「どうするでげすか」

「どうするって……、美鈴様だけを行かせるわけにはいかないでしょう」

卯之吉もヒョロヒョロと身をくねらせながら走り出した。

「そこな曲者ッ、待てッ」

美鈴の声が聞こえてきた。


「チッ、見つかったか」

羽佐間が後ろを振り返って舌打ちした。

「羽佐間の旦那ッ、早く！」

才次郎が屋根の棟を乗り越えながら言う。しかし羽佐間は首を横に振った。

「前髪立ちの若侍だ。討ち取るのに雑作《ぞうさ》はいるまい」

「しかし――」

「あの者に、どこまでも追ってこられたりしたら、そっちのほうが面倒だ。わしがヤツを仕留める。その隙にお前たちは逃げろ。わしも後から行く」

才次郎も羽佐間の言い分はもっともだと思ったのであろう。

「そういうことなら、お任せしやすぜ」

二人の悪党を促して、旅籠の屋根の向こうに消えた。

羽佐間は軒から飛び下りた。

「ちょうど良い。ここはうってつけの広場になっておる」

宿場の外れにある、馬借《ばしゃく》の荷などを積んでおくための空き地だ。戦うのに都合の良い広さであるし、宿場の役人も、すぐには駆けつけてこられない場所にあった。

ほっそりとした体軀《たいく》の、総髪の侍が走ってきた。羽佐間は、まさかその人物が女人だとは思わなかった。

（一太刀で斬り殺してくれる）

腰の剛刀を抜ききった。


美鈴は、堂々と待ち受ける曲者を見て足を止めた。

（なかなかの遣い手らしいな）

肩幅の広い巨体で、腰回りも太く、どっしりとしている。厚く肉のついた肩口からはメラメラと殺気が燃え立っているかのようにも感じられた。

（人斬りの腕で裏街道を生きてきたのなら、当然のことだ）

武芸が弱ければたちまちのうちに死んでしまう。それが裏街道を往来する剣客浪人の生き様だ。

（油断はなるまい。だが……）

美鈴は、浪人が放つ気の圧力の真ん中に、スッと足を踏み出した。

（所詮は邪剣。心の歪んだ、人殺しの剣だ）

武芸の正道には決して勝てぬ。そう信じて、衒《てら》いもなく真っ直ぐに浪人と対峙する。

「街道筋での抜刀は許されておらぬぞ」

浪人に向かって叫んだ。

江戸市中や街道では、刀を抜いただけでも、それどころか、柄《つか》を握っただけでも罪に問われる。堂々と刀を抜いて構えているこの浪人は、それだけでも十分、咎《とが》めを受けねばならぬのだ。

浪人はフンと、小馬鹿にしたように鼻を鳴らした。

「刀を抜かぬことには、貴様を斬り捨てることもできぬのでな」

「ならば致し方ない。お相手いたそう」

美鈴も腰の刀を抜いた。

「小癪《こしゃく》な。声変わりもすんでおらぬ若造の分際で」

浪人は怒気をたぎらせて踏み出してきた。みるみるうちに間合いが狭まる。岩の固まりのような巨体が、殺気とともに突進して来た。並の者ならたちまち怖《お》じ気《け》づく場面だが、美鈴は正面から迎え撃った。

「どわあああっ！」

斬撃の間合いを踏み越えた浪人が、大上段に太刀を振り上げ、気合とともに斬りつけてきた。

（受けきれぬ！）

この斬撃をまともに受けたら刀を折られる。刀ごと身体を斬り裂かれる。美鈴は直感し、瞬時に足を踏み替えた。

稲妻の如くに振り下ろされてきた刀を打ち払う。わずかにそれた太刀筋の横に身を翻《ひるがえ》すと、肩をかすりながら、鋭い刃が抜けていった。

美鈴は後ろに跳ねて距離を取る。浪人は振り下ろした刀を握り直して今度は真横に振り払ってきた。すんでのところでまたしても、切っ先から逃れることができた。

（なんという膂力《りょりょく》！）

美鈴は指に痺れを感じた。打ち払った相手の刀が巨石を打ったかのように重かった。

（そのうえで、あの二の太刀の素早さ……！）

思い切り振り下ろした重い刀を、握り直して真横に振り抜く。人間離れした力の持ち主にしか成し得ぬ技だ。

（こんな化け物とまともには斬り合えぬ）

美鈴は下段に構え直した。刀身を斜め下に突き出す。

この構えは一見、全身が丸出しになってしまうように見えるけれども、防御の構えだ。抜刀の際に踏み出してくる相手の膝や脛《すね》を斬る。それと覚った相手は、容易に踏み込むことができなくなるのだ。

（もうすぐ、騒ぎを聞きつけて、宿場役人や鬼兵衛一家の人たちが駆けつけてくるはず）

武芸者同士の試合ではない。曲者の捕縛だ。無理をしてまで戦う必要はどこにもない。

浪人も美鈴の思惑を覚ったようだ。一瞬、面相に焦りを覗かせた。般若のような顔が険しく顰《しか》められた。

しかしすぐに気を取り直して構えを変える。切っ先を低く落とす。美鈴に呼応した下段の構えだ。

（下段には下段、ということか）

やはり真剣での殺し合いに慣れている。今度は美鈴に焦りの色が浮かんだ。

浪人者が踏み出してくる。美鈴は致し方なく、ジリッ、ジリッと、後退した。

と、その時であった。

「あのう、ご浪人様。お取り込み中、あいすみませんが」

卯之吉が声を掛けてきた。いつの間にか広場に入って来たらしい。

（いけません！　旦那様ッ）

美鈴は心の中で叫んだ。斬り合いの場にノコノコと踏み込んだりしたら、卯之吉の細い身体など一刀両断にされてしまう。

しかし美鈴は目の前の浪人から目が離せない。視線を逸らせば即座に斬りつけてくる。それがわかっていたからだ。

決死の形相で睨み合う二人に向かって卯之吉が歩み寄ってきた。

「あのう、ですね。あたしの話、聞いていらっしゃいます？　こんな近くで喋っているんですから、聞いていらっしゃるということで話をしますけどね。あたしが考えるにですね。こんな所でお二人が斬りあったところで、なんの得にもなりやしませんですよね。そこでまぁ、あたしも、ガラにもなくそのぅ、時の氏神ってヤツですかねぇ、仲裁役を買って出ようと、まぁ、そんなふうに思案したってわけなんですがね」

日頃から卯之吉の物言いには慣れているはずの美鈴ですら、激しく神経を逆撫《さかな》でされた。（いったい何をしに来たのですか！）と、怒鳴りつけたい気分になった。

「しかしまぁ、ご浪人様にも、引くに引けないご事情ってものがおありでございましょう。ましてあたしのような素ッ町人に横から口を挟まれたからって、お刀を引かれるわけにもゆかないでしょうしね。そこでまぁ、手打ちの金子をご用意させていただきました。このお金で、堪えがたきを堪えて頂いてですね、お刀を引いては頂けないものかと」

卯之吉は懐をまさぐっているらしい。その瞬間、浪人の眼が動いた。何を見たのか——小判を見たのに違いあるまいが、視線が卯之吉に釘付けとなった。

（今だ！）

美鈴は鋭く踏み出して、相手の刀に己の刀をピタリと沿わせた。相手の刀身に巻き付けるようにして二回捻《ひね》ってから振り上げると、浪人の手の内から刀がスポーンと抜けて、宙高くに舞い上がった。

「しまった……！」

一瞬の油断を突かれて刀を巻き取られた浪人者が、素手で身構えながら後退《あとずさ》った。美鈴はさらに踏み込みながら浪人の腕を斬りつけた。

「ぐわっ」

一刀の下に輪切りになった腕が、ボトリと地べたに落ちる。

「うおおっ」

浪人は袖口から大量の血を吹きながら、後ろに飛んで逃れた。

「く、くそっ、不覚――」

血の気の引いた顔つきで美鈴と卯之吉を睨んでいたが、やがて（もはやこれまで。片腕では裏街道を生きてはゆけぬ）と観念したのか、

「むんっ」

片手で腰の脇差しを抜き、そのまま己の腹に突き通した。

「あっ」

美鈴と卯之吉が同時に叫ぶ。浪人は腹を真横に掻き切りながら不敵に笑った。

「介錯《かいしやく》などいらぬわ！」

今度は首筋を刃を当てて切り裂いた。そしてドオッと倒れ伏した。

「あ、あああ……、あらあら」

珍妙な声をあげながら卯之吉が駆け寄る。血達磨《ちだるま》になった浪人者を痛ましそうに見つめた。

「腕だけなら、あたしの医術でお命を救いできたのに、二度も三度も切られたのでは手の施《ほどこ》しようもありませんよ」

浪人者はやがて絶息した。

卯之吉は、扇子《せんす》のように両手に広げた小判を見た。

「どうしましょうね、このお金」

どうしましょうと言われても、元々自分の所持金だったのではないのか。美鈴は腹中の息を深々と吐き出した。

「町奉行所の法度《はっと》では、生け捕りにせねばならぬと決められているのに……、不覚でした」

「仕方がありませんよ。こちらのご浪人様は、ご自分でお命を断たれたのですからね」

卯之吉は小判を袂に入れると、地面に落ちた浪人の刀を摑みあげた。

「お刀のお値打ちは、さっぱりわかりませんねぇ」

「旦那様、人が来ます！」

美鈴は、大勢が駆けつけてくる足音を聞いた。卯之吉は相変わらず呑気そうな顔で答えた。

「鬼兵衛さんの一家の皆さんでしょう。ちょうど良かった。このお亡骸《なきがら》を、宿場役人様の許《もと》に運んでいただきましょうか」

「親分！　子分さんたちも！　こっちでげす！　急いで！」

銀八が広場の入り口で両手を振り回している。

「わたしは身を隠します」

美鈴は刀を鞘《さや》に納めながら言った。

「どうして？」

「この場のことは、旦那様がやったことにしておいてください」

「ええ？」

美鈴は闇の中に身を隠し、入れ違いに、提灯を掲げた男たちが走り込んできた。

「旦那ッ」

真っ先に気づいたのは三右衛門だ。その横には鬼兵衛もいた。

「今の騒ぎはなんですかえ」

鬼兵衛が訊ねる。卯之吉は答えようもなく、足元に転がる浪人の亡骸に目を向けた。

「アッ」

鬼兵衛一家の子分が、提灯を突きつけて叫んだ。

「死んでおりやす！」

さしもの鬼兵衛も顔つきを変えた。

「旦那がお斬りなすったんですかえ」

「えっ……？」

卯之吉は片手に刀を持っている。斬られた死体の横に、刀を手にした男が立っていれば、その男が斬ったと勘違いされるのが当然だ。

屈《かが》み込んで死体を検《あらた》めていた子分が叫んだ。

「親分ッ、この浪人は、羽佐間甚九郎ですぜ！」

「なんだとッ」

鬼兵衛は子分を押し退《の》けるようにして腰を屈めて、死体の面相を検めた。

「おう。間違いねぇ。コイツは羽佐間だ。人相書きにあったとおりだぜ」

三右衛門が横から訊ねる。

「なんだよ、その羽佐間ってのは」

「甲州街道筋の宿場で鳴らした人斬り浪人だ。道中奉行様がお手配なさった捕り方を、十五人も斬り払って逃げやがったってんで、お手配書が回されてきた。つまりはそのぐれぇおっかねぇ凶賊だってことだ」

鬼兵衛は立ち上がると、恐怖半分の苦々しげな表情で首を振りつつ、死体を見おろした。

「この俺が、一目も二目も置いていた大悪党だぜ」

そして卯之吉に向き直る。

「そんな悪党を斬り捨てちまうなんて……。人の噂は話半分と相場が決まってお りやすが、旦那の剣のお腕前は、半分どころか、話の二倍も三倍も、てぇしたもんですぜ！」

「いや、あの、これはね……」

「道中奉行様のお役所に届けやす。甲州街道筋にも、旦那の勇名が轟《とどろ》くこと疑いなしでごぜぇやす」

自分がやったことではないのだから、返事にも困る。指で摘《つ》まんだ刀をプラプラと振りながら、卯之吉は困惑しきった顔を、鬼兵衛に向けた。

「それなんだけどね、この御方を討ち取ったのは、鬼兵衛さんと、子分衆の手柄ということにしておいてくれないかねぇ」

卯之吉としては、「この浪人を斬ったのはあたしです」などと言って、厳《いか》めしい役所に顔など出したくはない。

（お役人様を騙すのも恐ろしいし、第一、面倒ですよねぇ）

などと横着《おうちゃく》なことを考えている。

卯之吉からとんでもない申し出をされた鬼兵衛は、この男にしては珍しいほどに取り乱した。

「しかし旦那、こいつは大変なお手柄じゃあございませんか。その手柄を鬼兵衛一家にお譲りくださるってぇご好意はありがてぇが、しかし……」

しかし卯之吉はどうあっても役所などには行きたくない。

「ほら、あたしは隠密廻り同心だからね。あたしが内藤新宿に来ているってことが、白金屋庄兵衛さんたちに知られたりしたら拙いでしょうよ」

「そいつぁ確かに、仰るとおりでござんすが……」

唐突に三右衛門が高笑いをし始めた。

「驚いたかい閻魔前ノ、旦那の度量の大きさによ。うちの旦那は江戸で一番懐の広い御方なんだぜ！」

「ま、まったくだ」

鬼兵衛は額の汗など拭いながら低頭した。

「それじゃあ、ご下命《かめい》のとおりにさせて頂きやす。旦那の手柄を横取りするみてぇで申し訳もねぇが、ご寛恕《かんじょ》くだせぇ」

「うん、それじゃあ頼んだよ」

もうそれっきり、羽佐間のことなど忘れたような顔をした。卯之吉としては、面倒事から解放されて清々《せいせい》した気分なのだが、鬼兵衛たちの目には、そうは映らない。

（このご器量は只事じゃねぇぜ……）

役人たちが汲々《きゅうきゅう》として手柄を競い、あるいは奪い合っている世の中だ。吝嗇《けち》な卑劣漢ばかりが偉そうな役職に就いている。そんな世の中に辟易としていた矢先に、こんな度量を見せつけられた。

（オイラは、この旦那のためなら喜んで死ねるぜ）

などと感激しきってしまったのであった。

羽佐間甚九郎の亡骸は、鬼兵衛一家の手で宿場役人の許に運ばれた。いろいろと面倒な手続きがあったのであろうが、卯之吉の知ったことではない。

しかし、さすがにその晩の夜遊びはできず、美鈴の監視つきで寝所に押し込められた。せめてもの慰めに運び込ませた寝酒をチビリチビリとやりながら、切ない涙を流したのであった。

四

「ふわぁっ」

卯之吉は大欠伸《おおあくび》をした。銀八が慌てて、その姿を袖で隠した。

「若旦那！　鬼兵衛一家の子分さんたちが見ているでげす！」

翌朝、まだまだ寝足りないのに叩き起こされた卯之吉は、銀八の手で道中姿に着替えをさせられ、表道に連れ出された。食は細いが眠りは深い卯之吉は、朝餉《あさげ》を抜きにしても寝ていたい性分である。

表道には旅姿の鬼兵衛が待っていた。

「あっしも旦那の御用旅にお供をさせて頂きやす」

一歩も引かない構えで訴えられ、卯之吉は仕方なく頷いた。

鬼兵衛の後ろには屈強な子分衆が従っている。どうやらこの子分たちも一緒に旅をするつもりらしい。

「これじゃあ俠客の出入りみたいでげす」

銀八が言った。余所《よそ》のヤクザの縄張りに殴り込みに行くかのような物々しさなのだ。

そんな中で卯之吉の姿だけがやたらと場違いである。どこからどう見ても商家の若旦那にしか見えない、派手で華奢《きやしや》な姿だ。

(これじゃあ隠密どころか、人目を引くために旅をしているようなものでげす)

銀八はそう思った。

「ところで銀八」

卯之吉が声を掛けてきた。

「権七郎様のご出立《しゆつたつ》は、いつなんだろうねぇ」

権七郎の身を守らねばならぬのに、旅程がはっきりとしていない。

「へい。それでしたら、日取りが決まり次第、江戸に残った荒海一家の子分さんが繋《つな》ぎをつけて報《しら》せてくれることになってるでげす。荒海一家の表稼業は口入れ屋でげすから、坂上様のお屋敷にも小者を入れているでげすよ」

荒海一家は武家屋敷に下働きの中間《ちゅうげん》や下男、台所で働く下女などを斡旋《あっせん》していた。武士たちは気づいていないであろうが、武家屋敷の内情は、ほとんど筒抜けであったのだ。

「権七郎様がご出立になる前に、白金屋さんを捕まえることができればいいけどねぇ」

「昨夜《ゆうべ》、屋根のうえにいた、残りの三人は、どう出てくるのでげしょうねぇ？」

「ええ？」

「だって、お仲間の浪人様を討たれちゃったわけでげしょ？　仲間の敵《かたき》討ちだってんで、張り切っているんじゃねぇんでげすか」

「張り切っている——って言い方はおかしいけれど、なるほど、そうかもしれないねえ」

「おっかねぇ話でげす」

銀八は身震いした。甲州街道は、あっちもこっちも、強面《こわもて》の悪党どもでいっぱいだ。

第五章　日野の渡し

一

「羽佐間先生が討たれた、だって？」

天満屋が険悪に面相を顰《しか》めさせた。

江戸のどこにあるとも知れぬ隠れ家。障子の外から掘割を流れる水の音が聞こえてくる。

座敷の敷居の向こうで、政二が面目《めんぼく》なさそうに平伏していた。

「内藤新宿を仕切る、閻魔前ノ鬼兵衛一家に見つかって、膾《なます》にされちまったみてえなんで……」

「閻魔前ノ鬼兵衛？　あいつの手下《てか》に、羽佐間先生を殺《や》れるほどの手練《てだれ》がいたっていうのかい。やつがれには思いつかないけどねぇ」

「鬼兵衛の子分が、羽佐間の旦那の亡骸《なきがら》を、宿場役人がいる問屋場《といやば》に運び込んだってのは間違いねぇ話なんで」

江戸と内藤新宿は目と鼻の先だ。政二は自分が見聞きしたことを、一刻（二時間）ほどで駆けつけてきて、天満屋の耳に入れることができた。

天満屋は、燻《くゆ》らせていた煙管《きせる》の灰を莨盆《たばこぼん》の灰吹きに落とした。

「幸先《さいさき》が悪いね。つまらないケチがついてしまった。八巻は運にも味方されているみたいだね」

「これからどうなさいます、元締」

「八巻はどうしている」

「才次郎の話じゃあ、高井戸を発って、西へ向かったってぇ話ですが」

「甲州へかね。すると、今夜の泊まりは日野か横山の宿場だね」

「府中宿と日野宿の間には多摩川を越える日野の渡しがございやす。日野宿と横山宿の間には浅川の渡しがありやすが」

「それがどうかしたかい」

「ですから、渡しを上手《うま》いこと使って、八巻の野郎を仕留めてはいかがかと」

「ふん」

天満屋は政二を見つめた。

「それはお前の思案かい。それとも石川左文字が練った策かね？」

「こいつぁ畏《おそ》れ入りやした。何もかもお見通しだぁ」

政二は恐縮したふうに頭を掻《か》いた。

「仰るとおり、こいつは石川先生のご発案でさぁ。日野の渡しで八巻を討ち取る算段を巡らせておられるご様子ですぜ」

「あの男がねぇ」

「どうしやす元締。石川先生にやらせてみるってのも、一つの策かとは思いやすがね」

天満屋は熟考してから答えた。

「まぁね。やりたいようにやらせてみるのも面白いかも知れないね」

「さいですかい。それじゃあ、元締がそのように仰っていたと、石川先生に伝えてよろしいですかい」

「構わないよ。やらせてみよう」

失敗したとしても、死ぬのは流れ者の浪人たちだ。天満屋の元手が減るわけではない。

政二は一礼して去っていく。天満屋は再び黙考に戻った。

「なんだか、気の休まる暇もないよ」

由利之丞が愚痴をこぼした。

「そりゃあオイラは芝居者だよ。演じろと言われたら、隠密廻り同心サマだって演じるさ。だけどそれは舞台の上でのことだろう。こう四六時中、芝居をさせられたんじゃあ、たまらないよ」

早くも旅に飽きがきたようだ。由利之丞に対してはひたすら甘い水谷弥五郎は、にこやかな笑顔でご機嫌をとっているが、荒海一家の三人はたまらない。愚痴や泣き言など、任侠道に生きる男たちの価値観にはそぐわない。

「あの陰間《かげま》野郎め、八巻の旦那のお指図じゃなかったら、ブン殴ってる」

粂五郎が蛇《へび》のように冷たい目つきでそう吐き捨てた。

一行は布田《ふだ》五宿に差しかかっている。この宿場は、国領《こくりょう》、下布田、上布田、下石原、上石原の五宿からなっている。やたらと細長い宿場町だ。それぞれの宿場が五日ずつの交代で人馬《じんば》継立《つぎたて》の役目を果たしている。つまりは、それほどまでに小さな村落しかない僻地なのだ。上石原宿の先には飛田給《とびたきゅう》という場所がある が、これは非田給《ひでんきゅう》と同義語で、旅人に食事と寝床を提供する避難所を意味している。登山道にある避難小屋のようなものだ。かつての武蔵国は、旅人が緊急時に保護を求める民家すら存在しないという、最果ての土地だったのである。

街道から北に目を転じれば、そこには深大寺《じんだいじ》があるはずなのだが、その手前に小山があるので何も見えない。深大寺は浅草寺と並ぶぐらいに古い寺だが、今は参拝に寄る暇もなかった。

「こんなお役は、とっとと終わりにしたいよ」

由利之丞は不満をこぼしたが、水谷は由利之丞と一緒に旅をすることが嬉しくてならない。にこやかに微笑《ほほえ》みながら空を見上げて、

「江戸とは違って空気がうまい！　見ろ、この青空を！」

などと叫んだ。

「頭がどうかしちまったんじゃねぇのか、あの浪人」

粂五郎がこっそりと毒づいた。

寅三は油断なく、周囲に目を光らせている。

「しかしな、粂五郎。あの役者の言うことももっともだ。敵が姿を見せてくれね

ぇことには、手の打ちようもねぇ」

澄みきった武蔵野の景色も、今の寅三にとっては忌《い》ま忌ましいばかりだった。

一行がさらに進んでいくと、別の街道との追分《おいわけ》に出た。道の向こうから筋骨逞《たくま》しい男たちが、まだまだ寒い季節だというのに法被《はっぴ》一枚の褌《ふんどし》姿でやってきた。

「ここが筏道《いかだみち》との追分かい」

寅三が男たちを横目にしながら言った。今度はドロ松が顔を寄せてくる。

「筏道？　なんですかい」

「あいつらは多摩川の筏師だ」

上流で伐《き》り出した木を、筏に組んで多摩川を下ってくる。品川の海まで出たら、今度は海上を船で引いて、江戸の木場まで運ぶのだ。

「だから品川道とも言うぜ。筏師が川下りの途中の河岸で筏を止めて、陸《おか》に上がって、布田の五宿で飯を食うのさ」

「なるほど」

「もっとも、今の季節、川の水は少ねぇ。筏なんか流せるもんじゃねぇ。この季節には、筏師は、荷を運ぶ川船を操ったり、猟師をしたり、別の仕事につかなくちゃならねぇ。あいつらの姿を見るに、川船の船頭だろうな」

江戸の運輸は、街道を行く陸運と、船で荷を運ぶ舟運《しゅううん》とに二分されている。舟運のほうが多くの物を一度に楽に運べるが、水量の豊かな川が流れている土地でしか活用できない。

「甲州街道を行く旅人は、日野の渡しで川を越えるぜ」

寅三がそう言うと、ドロ松が顔をしかめた。

「あっしらも、向こう岸に渡るんですかい」

「さぁて、どうなることとか。悪党どもが、いるのかいねぇのか、それすらわからねぇんじゃや、どっちに向かって進んで行ったらいいのかもわからねえ」

「まさか、甲州まであの陰間野郎と旅をさせられるんじゃねぇでしょうな」

「その前《め》ぇに曲者《くせもの》どもが襲って来てくれるのを祈るばかりよ。首尾よく討ち取っちまえば、それでお役御免だ」

一行は西へと旅を続けた。

「いつまでこんな旅を続けなければならぬのだ」

由利之丞たちとは五町（およそ五百四十五メートル）ほどの距離を置いて、一行の背中を見え隠れに追いながら、岩田が愚痴をこぼした。

「早く戦わせろ。わしの腕が八巻と立ち合いたいと、夜毎《よごと》に泣き疼《うず》いておるぞ」

「まぁ、そう急《せ》くな」

石川が渋い表情で首を横に振った。

「才次郎が援軍を連れて参る。それまでは隠忍自重《いんにんじちょう》だ」

岩田は怒りで顔を朱に染めた。

「助太刀などいらぬ！　わしは正々堂々と立ち合う！」

石川は呆《あき》れた――を通り越し、軽蔑したような目で岩田を見た。

「お主が立ち合いを望んでも、八巻の手下がそれを許すと思うか。いかにお主の腕をもってしても、あの浪人やヤクザ者たちに囲まれてしまったら、まともに八巻と対することもできまい」

そう言われると、岩田は黙り込むしかない。

「おう、噂をすれば影だ。才次郎がやってきたぞ」

石川は街道脇の常夜灯に目印の置き文を残してきた。置き文を追ってくれば石川の許《もと》に辿り着くことができる。

「へへッ、旦那方。こんち、良いお日和で」

才次郎が軽薄な挨拶を寄越したが、笑顔を返す二人ではない。岩田は怒れる獣のように吠えた。

「遅い！　何をしておったのだ！」

「お声が大きゅうございますよ。八巻たちに覚られちまいますぜ」

才次郎は岩田を宥《なだ》めてから、石川のほうに顔を向けた。岩田は話の通じる相手ではないと見て、もっぱら石川相手に策を練っている。

「助っ人は三人集めたんですがね、ええと……」

「なんだ。申せ」

「へい。そのうちの、一番頼りになりそうなヤットウ使いの先生が、内藤新宿の鬼兵衛一家に斬られちまったんでごぜぇやす」

「なんだと？」

「女形《おやま》みてぇな若侍が追って参りやしてね。その先生は、あっしらを逃がすために踏み止まったんでやすが、どうやら、その若侍は鬼兵衛一味の用心棒だったらしいんで」

「フン」と鼻を鳴らしたのは岩田だ。

「ヤクザの用心棒に斬って捨てられるとは。つまらぬ男を頼んだものだな」

「へい、一言《いちごん》もねぇ。もうちょっとは使える先生だと思ったんですがね」

「まぁ良いわ。剣客ならば、このわし一人で十分だ」

「ごもっともで」

石川は、岩田ほどには楽観的な質《たち》ではない。

「才次郎、ちょっと来い」

岩田から距離をおいて、才次郎に囁きかけた。

「岩田は、あのように申しておるが、わしはいささか落胆しておるぞ」

「へい。あっしもだ。支度《したく》金の二両を懐に入れたまま、骸《むくろ》になられちまったんじゃ大損ですぜ」

「残りの二人は役に立ちそうなのか。その二人と我らとで八巻一行を襲って、勝ち目があると思うか」

「石川の旦那の前ェでこう言うのもなんですがね。水谷弥五郎ってぇ浪人は、上州あたりでは名の通った人斬りだ。八巻のお供のヤクザ者たちも、江戸では知られた兄ィたちだ。こいつぁちっとばかし、手強《てごわ》いですぜ」

「やはりな」

才次郎は上目づかいに石川の顔を覗きこんだ。

「政二兄ィの話だと、石川の旦那にゃあ、八巻を仕留める秘策がおありだとか」

「ないこともない」

「それは、どのような？」

石川は首を横に振った。

「言えぬな。たとえ味方であろうとも、秘策を漏らすことはできぬ。漏らせば必ずまた余所《よそ》に漏れる。人の口とはそういうものだ」

それは道理であろうけれども、もったいをつけるのが好きなだけの人物のようにも見える。

「才次郎」

「へい」

「我が秘策の下ごしらえだ。八巻一行を、わしの意図した場所に導かねばならぬ。貴様は水谷の信用を得ているようだな」

「へい。憚《はばか》りながら間違いのねえこってす。あっしの舌先三寸で、奴らを甲州街道に引きずり出したんですぜ」

「ならば今度は奴らを死地に追い込むのだ」

石川は、才次郎に何事か囁いた。

二
「おい見ろ。誰か走ってきやがるぞ」

街道を甲府方向から来た男に、寅三が目敏《めざと》く気づいた。

「堅気者とは思えねぇツラつきだ。油断がならねぇ」

粂五郎とドロ松が「へい」と応えて、懐に隠し持った匕首《あいくち》を握った。

「弥五さん、ついに来たかも知れないよ」

由利之丞が怯《おび》えた声を上げる。

「案ずるな」

水谷弥五郎は腰の刀に手を伸ばしながら励ます。

「わしがついておる。そなたは同心らしく見えるように気張っておれ」

「あ、うん……、わかった」

役者の意地に賭けて、由利之丞は背筋を伸ばし直した。

男は真っ直ぐに走ってくる。荒海一家の三人が大きく広がって、迎え撃つ態勢をとった。

「おおい、待ってくれぇ」

走ってきた男は、両手を広げて武器など持っていないことを示しながら叫んだ。

「おや」と、水谷は、ひそめていた眉根を開いた。

「早耳ノ才次郎ではないか」

「誰だい、弥五さん」

「このわしに、白金屋の動向を報《しら》せた男だ」

弥五郎は寅三たちの間を通って前に出た。とはいえ油断はしていない。いつでも抜き打ちにできるように、腰の刀には反りを打たせている。

「あっ、水谷の旦那。やっぱり水谷の旦那だ。街道筋で遠目に見かけたもんですから、こうして追ってきたんでさぁ」

分かりやすく、説明的な物言いをした。

「旦那に大事《でえじ》な話を伝えようと思って、江戸に向かってる最中だったんですがね、こんな所でお目にかかれるとは思わなかった」

水谷は、やや、うさん臭そうに才次郎を見た。水谷も裏街道を生きてきた男だ。人を容易には信用しない。

「なんだ、わしに伝えたい話とは」

「へい」

才次郎は息を整えてから、一気呵成《いっきかせい》に喋り始めた。

「白金屋庄兵衛の行方についてでございまさぁ。野郎は今、横山宿にいやがるんでさぁ」

「横山宿だと？　日野宿の先だな」

才次郎は、由利之丞のほうにチラチラと視線を向けながら答える。

「へい。日野宿を過ぎて、浅川を渡った先が横山宿でござんすぜ。早く駆けつけて、とっちめてやっておくんなせぇ」

「ふむ」

考え込んだ水谷に、才次郎が両手のひらを突き出した。

「なんだ？」

「お約束の駄賃を頂戴してぇんで」

「ああ、そうだったな」

弥五郎は懐から二朱金を何枚か取り出して握らせた。

「ありがてぇ！　それじゃあ、あっしは横山宿へ駆け戻りやすぜ。新しいことが耳に入ったら、すぐに知らせに参《め》ぇりやす」

　そう言うと、由利之丞をチラリと一瞥《いちべつ》してから、逃げるように走り去って行った。

「横山宿ですかい」

　話を聞いていた寅三がしかめっ面《つら》を寄せてきた。

「あの野郎、信用がおけるんでございやすかい」

「わからぬ」

　水谷は首を捻った。

「横山宿に乗り込んで、白金屋庄兵衛がそこにおれば、信用できる――ということになるのだがな」

「いずれにしても今の話は、八巻の旦那のお耳に入れといたほうが良いでしょうな」

　寅三はドロ松を呼んだ。

「聞いてのとおりだ。旦那にご注進だ」

「合点だ。ひとっ走り行ってまいりまさぁ」

　ドロ松は土埃を蹴立《けた》てるようにして、走り出した。

才次郎は街道を大きく迂回して、石川たちの待つ場所にまで戻ってきた。

石川たちは街道を少し外れた茶店の裏手に隠れていた。もしも街道上にあったなら、走っていくドロ松に気づいたであろうが、二人はそれを見逃してしまった。

「どうであった」

石川が首尾を質《ただ》す。

「へい。上手いこと行きました。水谷はあっしの話を信じ込んだ様子でしたぜ」

「八巻は」

「確かに八巻がおりやした。面相をこの目で確かめたんで間違いねぇ。……ああ、おっかねぇ。何人もの悪党を斬り捨てやがった鬼同心かと思うと、あの涼しげなツラつきまで恐ろしくてたまらなかったですぜ」

「うおおおっ、八巻！」

獣のように吠えたのは岩田だ。

「石川ッ、早く斬らせろ！」

「そう急《せ》くなと申しておるのに」

煩《わずら》わしそうに石川が手を振る。再び才次郎に顔を向ける。

「次は白金屋だ。奴が持っている金が要る」

「何をなさるおつもりなんで」

「それは言えぬと申しておる」

石川は不気味な顔つきで忍び笑いを漏らした。


三度笠を深く被って面相を隠し、道中合羽を背負った博徒の一団が甲州街道をのし歩いてきた。

おぞましい威圧感を放つ集団に、旅人たちは慌てて避けて道を空けた。

博徒の一団は真っ直ぐ前だけを見据えたまま、ザッ、ザッ、ザッ、と、足並みを揃えて行きすぎた。

「はぁ……、なんでしょうねぇ、今のお人たちは」

旅の商人が博徒たちの去った彼方《かなた》に目を向けている。たまたま居合わせた薬売りが身震いしながら答えた。

「ヤクザ同士の出入りでござんしょうか。揃って長ドスを腰に差して……恐ろしい話でござんすねぇ」

商人は盛んに首を傾《かし》げた。

「そんな中に、お一人だけ、なんだか、良い所の若旦那――みたいなお人がいたような？」

薬売りも納得のゆかない顔つきで頷いた。

「あっしも見ました。ヤクザ者に勾引《かどわ》かされたのか、と思いましたが、そうとも見えない」

「薄笑いなんぞを浮かべていたねぇ」

「へい」

二人は揃って震え上がった。そこにいるはずのない者、いてはならない者を見たような気がした。背筋にゾクッと悪寒が走る。

「なんだか……、幽霊を見たような気がするよ」

「くわばら、くわばら」

二人は首を振って、それぞれの進む道に歩みだした。

三

「親分！　なんだか面相の怪しい野郎が走って来やすぜ」

博徒の一行の先頭を、先触れの形で歩んでいた若衆が駆け戻ってきた。

「なんだと、人数は」

「一人でさぁ」

鬼兵衛が前に踏み出す。なるほど、堅気者とは思えない面構えの男が走ってくるのが見えた。

「ああ、あれはウチの若いのだ」

三右衛門が答えた。

「由利之丞につけといたヤツだ。さては……、何かあったな。やいっドロ松！」

「あっ、親分」

走ってきたドロ松が三右衛門に気づいた。集団の中に駆け込んでくる。

「旦那にご注進でさぁ！」

息も絶え絶えに叫んだ。倒れ込みそうになったところを、鬼兵衛一家の者たちが横から抱き留める。

「やいっ、しっかりしろ！」

三右衛門に喝を入れられて、ドロ松は汗と土埃まみれの顔を上げた。

「なんですかえ、この大人数は。どこのヤクザの出入りかと思いやしたぜ。まさか親分がご一緒だとは……」

「いいから、ご注進が先だ」

卯之吉が子分たちをかき分けて前に出てきた。

「大丈夫かえ？　息切れに効く良い薬があるよ」

「お心遣いありがてぇ。だけど、もう大丈夫でさぁ。旦那のお顔を見たら、元気百倍だ」

「調子に乗りやがって。とっとと報告しやがれ！」

三右衛門に叱られて、ドロ松は才次郎の一件を語り始めた。

「ふぅん」

と、卯之吉は気のない返事をした。それとは逆に、鬼兵衛と三右衛門が勇み立った。

「でかしたぜドロ松！」

三右衛門が褒《ほ》める。

「さっそく横山宿に駆けつけて、白金屋庄兵衛をとっちめてやろうぜ！」

鬼兵衛が子分衆に檄《げき》を飛ばそうとした。

「ちょっと待って」

卯之吉が止めた。勇み立っていた親分二人と子分たちが、水を打ったように静かになった。

「どうなすったんです、旦那」

鬼兵衛が訊ねる。

「白金屋の居場所がわかったんですぜ」

「うん、それはありがたいけれど、ちょっとね……」

卯之吉は浮かない顔を街道の先に向けた。

「ああ、あそこに茶店がある。ちょっと寄って行こう」

そう言うなり、スタスタと歩んで、茶店の軒下に入ってしまった。銀八だけが急いで後を追う。

「な、なんだ……?」

鬼兵衛は茫然と立ち尽くしている。一家の子分たちも呆気《あっけ》にとられて声もない。

「やい荒海ノ。なんだって旦那は、茶店なんかに入っちまったんだ。すぐにも横山宿へ駆けつけなきゃなるめぇに」

三右衛門は、ニヤニヤと薄笑いを浮かべた。

「驚いたか？　訝《いぶか》しいかよ」

「当たり前ェだろ」

「ああ、オイラも驚いたし、何がなんだかわかりゃあしねぇ。だがよ、そこがウチの旦那の、只者《ただもの》じゃねぇところなんだ」

「どういうことだい」

三右衛門は頼もしげに茶店を見つめた。

「旦那のことだ。オイラたちには見抜けねぇ真相を見抜いたのに違ぇねぇ。奇策を練っていらっしゃるんだ。まぁ見てろよ閻魔前ノ。旦那を信じてさえいりゃあ、間違いはねぇんだ」

三右衛門は大きく頷いた。


「あいたたたた……」

卯之吉は顔をしかめると、自分の足を手で揉《も》んだ。

「一家の皆さんは足が速いねぇ。しかも休みなしだ。ついていくのがやっと――いや、あたしの足ではついていけないよ」

「しっかりしてくだせぇ若旦那」

　今度は銀八が卯之吉の足を揉む。

「白金屋庄兵衛の居所が摑《つか》めたんでげすよ。こんな所で音《ね》をあげている場合じゃねぇでげす」

「そう言われてもねぇ……」

「早く駆けつけて、白金屋を捕まえねぇと、権七郎様やご老中様が大変なことになるでげすよ」

「それはわかってるんだけど、まぁ、もうちょっと休ませておくれよ」

「親分さんたちと子分衆を待たせておくわけにもいかねぇでげす」

「そうだねぇ……。それじゃあ、ドロ松さんを呼んできておくれ。詳しい話を訊《き》き出すふりをしながら、休むことにしよう。それに、今の話にはちょっとばかり引っかかるところもあるしね」

　銀八は、やれやれという顔で俠客の一行の中に戻り、ドロ松に声を掛けた。

　その時、一行の脇を足早にすり抜けて行った者がいた。笠を傾けた行商人ふうの男。その正体は政二である。

（なんだ？　ヤクザの出入りかよ）

ジロジロと見て、難癖をつけられたら面倒だ。八巻との戦いに支障が出てはかなわない。十分に距離を取ってから、道の脇の草むらに飛び込み、顔だけ出して様子を窺《うかが》った。

（おや？　アイツは……）

不格好なガニ股で歩く男に目を止める。

（八巻の小者じゃねぇか）

さらに目を凝らして、愕然《がくぜん》とした。

（アイツは、荒海ノ三右衛門だ！）

俠客一家の中に、見覚えのある顔があったのだ。

（どうしてここに、八巻の小者と三右衛門が……？）

思い当たることは一つしかない。八巻の後を追っているのだ。

さらには、内藤新宿を牛耳《ぎゅうじ》る閻魔前ノ鬼兵衛の姿も見えた。政二も街道筋で鳴らした悪党だ。親分衆の顔ぐらいは見知っている。

（八巻の野郎め！　こんな大人数を駆り集めやがったのか！）

いつの間に鬼兵衛一家を手懐《てなず》けたのだろう。さすがは江戸一番の辣腕《らつわん》同心、などと感心している場合ではない。

（コイツはちっとばかし拙《まず》いぜ）

天満屋の元締に報せるべきか。それとも才次郎に報せるべきか。政二は悩んだ末に、西へ向かって走りだした。

「石川先生たちと、才次郎たちとで八巻を挟み撃ちにするつもりが、その後ろから襲いかかられたんじゃたまらねぇ」

街道の所々に立つ常夜灯や道標には、旅をする者たちが旅仲間との連絡のために張り紙を残している。あらかじめ決めておいた符丁《ふちょう》を探し求めながら、政二は才次郎を追った。

幸いなことに、向こうから走ってきた才次郎と上布田宿で出会うことができた。才次郎のほうは何回この街道を往復したかわからない。顔中を土埃で真っ黒にさせていた。

「才次郎、大変だ！」

走ってきた才次郎の袖をひっ摑むと、挨拶もそこそこに、宿場の裏手に引っ張りこんだ。

「荒海ノ三右衛門が出張って来やがった。閻魔前ノ鬼兵衛もだ。子分どもまで引き連れていやがる」

「なんだって！　に、人数は」

才次郎の顔が青ざめる。政二も深刻な顔つきで答えた。

「ざっと二十人はいやがったな。上高井戸宿と国領宿との間に集まっていたぜ」

「なんてぇこったい。だ、だけどよ……、八州廻り様ならともかく、隠密廻り同心が、そんな大人数を従えて旅するなんて話は、聞いたこともねぇよ」

隠密廻り同心は時には単身で、多い場合でも四、五人で御用旅をする。

「こっちは、兄ィと俺を合わせても六人だ。とうてい勝ち目はねぇですぜ」

政二もまったく同感であった。

「挟み撃ちの策は取りやめだ。お前ぇが内藤新宿で集めた二人はどうしてる」

「この宿場で待たせてありやす。そんなら今から引き合わせますぜ。こっちへ来ておくんなせぇ」

「いや、俺は石川先生にこの件を報せてくる。お前ぇは二人を連れて俺の後を追え。とにかく石川先生たちと一つにならなくちゃいけねぇ。八巻の率いる大人数を相手に、こっちが散らばっていたんじゃ話にならねぇ」

「合点だ。石川の旦那は上石原の宿を出て、府中に向かっておられやすぜ」

「わかった」

政二は一目散に走り出した。布田五宿を走破して、府中の宿場へと向かう。

布田五宿と府中宿の間はおよそ一里半（六キロメートル）ある。江戸育ちで旅慣れない由利之丞の足が遅いせいで、それを追う岩田と石川も、なかなか先へと進めない。それが逆に功を奏して、政二は布田五宿を出て間もなく、石川たちに追いつくことができた。

「先生方、大変だ！」

政二は息を整えるのももどかしげに、自分の目で見てきたことを告げた。

「なるほどな」

石川は頷いた。

「八巻め、それであのようにゆったりと旅を進めておるのか。一家の者どもが追いつくのを待っておるのに違いない」

まったくの見当外れであるのだが、由利之丞を本物の八巻だと思い込んでいる石川は、そのように曲解して納得した。

「おのれ……！」

と、歯ぎしりしたのは岩田である。

「こうなれば、一家の者どもが追いつく前に片をつけるより他にないぞ」

刀を握りしめて今にも飛び出そうとする。その肩を石川が押さえた。

「待て！　なにをする気だ」

「八巻の一行に討ち入るのよ！　石川、貴様はあの浪人者を抑えろ。政二、お前は子分たちの前に立ちふさがるのだ。わしと八巻との決着がつくまでの間、邪魔ができぬようにしておれば良い」

「馬鹿を申すな」

石川が吐き捨てた。

「分の悪い賭けだぞ」

「何が馬鹿だ！　貴様、わしを馬鹿と申したな！」

「落ち着けと申しておる」

「邪魔だていたすなら貴様から斬る！」

「まあまあ」

政二は二人の間に割って入った。

「味方同士で喧嘩したって始まらねぇですぜ」

石川は鼻先でせせら笑いながら頷いた。

「このヤクザ者の言うとおりだ。まずは落ち着け。そしてわしの秘策を聞け」

「秘策でごぜぇやすかい？」

「そうだ。たとえ荒海一家と鬼兵衛一家が追いついてきても構わぬ。要するに、八巻を孤立させれば良い」

「そんなことが、できるんですかい」

「できる」

石川は自信満々に微笑《ほほえ》みながら頷いた。

「八巻を孤立させ、その上で我らの手で押し包む。さすれば彼我《ひが》の優劣は一変する」

「わ、わしは、八巻と一対一で立ち合うぞ！」

岩田が吠えた。石川は煩わしげに岩田を見た。

「ならばそれでも良い。いずれにしても、子分どもや、あの用心棒を八巻から引き離さねばなるまいよ。そのための秘策だ」

政二は、少しばかり疑わしげに石川を見つめた。

「その秘策ってヤツを、お聞かせ願えねぇでしょうか」

「フン、良かろう」

石川は、己一人のみ頭が良い、とでも言いたげな顔つきで頷いた。

「わしの策を飲みこんだなら、横山宿で待つ白金屋庄兵衛に伝えるのだ。あとのことは白金屋がすべて手配してくれよう」

「へい。畏《かしこ》まりやした。それじゃあ、お聞かせ願いやす」

重ねて頼むと、石川は、もったいをつけた口調で得々と、己の秘策を披露し始めた。

四

由利之丞たちは府中宿に入った。本陣が一軒、脇本陣が二軒、旅籠《はたご》が四十軒あまりという（これまで通過してきた宿場に比べれば）大きな宿場町である。

「もう、オイラは歩けないよ」

由利之丞は旅籠の二階座敷に入るなり、棒のようにこわばった両足を投げ出した。

府中宿は通常であれば、江戸を早朝に出立《しゅったつ》した旅人が、その日の夕刻に入る宿場である。由利之丞はその旅程を、一日半かけて歩いてきたことになる。

由利之丞は見た目どおりの華奢《きゃしゃ》な体軀《たいく》で筋力に乏しい。それに旅慣れてもいない。

「足の裏が腫《は》れちまって、土踏まずが逆に盛り上がってるよ」

などと大げさに訴えた。

座敷の隅で荷物を更《あらた》めていた寅三が、その手を止めて顔をしかめた。

「手前ぇは芝居者じゃねぇか。他国を回るのも仕事の内だろう」

「おいおい兄ィ」

由利之丞が血相を変えて身を起こした。

「それはドサ回りの連中だろう？　オイラは江戸三座の役者だ。お上から官許をいただいて芝居をしている身分だぜ」

格が違うと言いたいらしい。そこだけは、どんなに疲れていても、聞き逃しにできない一線であるようだ。

一昔前の寅三なら、拳骨《げんこつ》と足蹴《あしげ》の一つずつも食らわせてやる場面であるが、寅三も卯之吉の御用を務めるようになってから人格が丸くなっている。小馬鹿にしたように苦笑して、鼻を鳴らしただけで許してやった。

「しかしよ、先生。こんな所で油を売っていてもいいのかい」

由利之丞ではなく水谷弥五郎に顔を向けた。

「白金屋庄兵衛って悪党は、横山宿にいやがるんだろう？　取り押さえに行かずともいいのかよ」

水谷は端然と座し、刀の拵《こしら》えに弛《ゆる》みがないか確かめながら答えた。

「我らの役目は、八巻氏を狙う刺客の目を引きつけることだ。白金屋の捕縛は八巻氏の役目。我らが手を出すことではあるまい」

「そりゃあ、それが道理でしょうけどね」

寅三は情けなさそうな顔をした。

「八巻の旦那の捕り物だってのに、こっちは陰間野郎と、あてどもなく歩き回るだけなんてなぁ」

「愚痴が多いぞ。歳をとった証拠か？ 湯にでも浸かって参れ」

「ああ。そうさせてもらいましょうかい」

寅三は手拭いを片手に腰を上げた。


「八巻め、ずいぶんと早くに旅籠に入ったな」

由利之丞がいる二階を見上げて、石川が呟《つぶや》いた。

まだ太陽は西の空にかかっている。御用の急ぎ旅であれば、多摩川を渡って、次の宿場の日野にまで足を伸ばせるはずだ。

「次の日野宿までは、たったの二里……。なにゆえここに留まるつもりになったのか」

「博徒の子分どもの到着を待っておるのであろう」

背後で岩田が野太い声で言った。

「岩田、見ろ、八巻の供がやってきたぞ」

宿場の東からドロ松と粂五郎が走ってくる。もちろん石川たちは二人の名などは知らないが、顔は見覚えていた。

石川と岩田は目立たぬように脇道に入って身を隠した。

「おっと、こんな所に宿をとっていなすったんですかい」

ドロ松が座敷に入ってきて、それぞれに会釈をした。寅三は粂五郎を宿場の入り口である木戸で待たせて、ドロ松が来たら旅籠に連れてくるように指図しておいたのだ。

「兄ィ、八巻の旦那からのお指図ですぜ」

懐から懐紙に書かれた書状を取り出して差し出した。寅三は受け取って、目を通した。

「なんて言ってきたんだい？」

由利之丞が痛む足をさすりながら歩み寄ってきて、寅三の後ろから覗きこんだ。

寅三は首を傾げた。

「一日ばかり、ここで骨休めをしていろ――っていうお指図だ。白金屋を捕えに行くのに、偽の旦那まで出張《でば》って来たんじゃ目立ってしょうがねぇってことらしい」

「ふぅん」

由利之丞もちょっと考え込む様子であったが、すぐに笑顔となった。

「そんなら言われたとおりにしようか。お酒を頼もうよ。明日の朝早くに発たなくてもいいんだから、いくらでも飲んでいられるよね」

寅三は呆れたような顔をした。

「ここはお江戸じゃねぇんだ。下り物の諸白《もろはく》なんかは手に入らねぇぞ。地回りの濁り酒が出てきても驚くなよ」

水谷も不機嫌そうな顔つきで頷く。

「もっと凄《すさ》まじいのは肴《さかな》である。鮮魚は期待できまい」

由利之丞は振り返って唇を尖《とが》らせた。

「どうしてさ。近くに川が流れているだろう?」

「川で獲れる魚など、海から揚がる魚に比べたら微々たるものだ。川魚にありつけたとしても、捕り置きの、酢漬けや塩漬けが出てくるであろうな」

想像するだに不味《まず》そうだ。由利之丞は細い眉を顰《しか》めた。

五

由利之丞たちがいる府中宿の、一つ先が日野宿である。

日野宿の鎮守は八坂神社だ。政二はその境内に走り込んだ。

「おい、こっちだよ」

境内に小屋掛けした茶店の縁台に、裕福そうな商人が腰掛けていた。

「これは、白金屋の旦那様」

政二は笠を取って会釈すると、恭《うやうや》しげに腰をかがめながら歩み寄った。政二も商人の姿をしていたので、傍目《はため》には、旅の連れ合いが待ち合わせをしたように見えたはずだ。

政二は白金屋の横に腰を下ろす。茶を運んできた茶店の老婆が戻っていくと、一転して悪人ヅラに戻って囁いた。

「ちっとばかし拙いことになりやした。八巻の野郎が――」

街道で見聞きしたことを伝えた。

「という次第でございやして、最初に決めたとおりの挟み撃ち、ってわけにも行かなくなっちまったんで……」

白金屋庄兵衛は厳しい顔つきで頷いた。

「なるほどね。それで、お前さん方はどうなさるね」

「そこなんですがね、石川先生から、秘策ってヤツを授けられて参《め》ぇりやした」

政二は耳打ちをした。

白金屋はすべてを聞き取ると、大きく頷いた。

「なるほど、上手くゆくかもしれない」

「石川先生は、白金屋の旦那の、懐をあてにしているご様子でしたが」

「金子《きんす》のことかい。それなら心配いらないよ。坂上様の後家様から預かった金がある。とにかくだ、こっちは権七郎様を亡き者にできればそれでいい」

「そのためには八巻が邪魔ってことで」

「そういうことだね。権七郎様が江戸を発つ前に、八巻を亡き者にしておきたい。わかった。石川先生の策は手前の金でどうにかしよう」

「ありがてぇ」

「お前さんの手も借りたい。ついてきておくれだね」

「そういうことなら、もちろんでさぁ」

二人は腰を上げた。


「えっほ、えっほ」と、声を揃えながら駕籠《かご》が走る。江戸の辻駕籠とは違い、四人で担ぐ道中駕籠だ。その中には豪商の若旦那らしき旅の若者が収まっていた。駕籠の後ろには三右衛門と鬼兵衛、荒海一家の巳之松、そして銀八と美鈴が従っている。

無論のこと、この若旦那の正体は、隠密廻り同心の卯之吉である。自分が走るのは苦手だが、駕籠かきを走らせるのは得意である。

駕籠は府中宿の混雑をかき分けて走り抜けた。由利之丞たちと石川たちを追い抜いたことになる。

「急いでおくれ。日が暮れる前に、横山宿へ入らなくちゃならないからね」

卯之吉が駕籠かきを励ます。乗る前に異常に高額な酒手《さかて》（心づけ）を弾んでおいたので、四人の駕籠かきたちは歯を食いしばって全力疾走し続けた。

日野宿から一里半（六キロメートル）進むと、日野の渡しに出る。甲州街道はここで多摩川を渡る。

日野の渡しは冬の間だけ土橋が架けられている。土橋とは、この場合、木で造った橋の上に土を敷きつめて歩きやすいように均《なら》したものをいう。江戸の橋はほとんどが板橋だ。橋板の表面は綺麗に鉋《かんな》をかけてあるし、釘など飛び出さないように、釘隠しがしてある。しかし冬の間だけ使用する仮設の橋では、丁寧な仕事などしていられないので、表面に土を撒《ま》いて踏み固めてしまうのだ。

駕籠が橋に差しかかった。駕籠かきが走ると、安普請《やすぶしん》の橋が激しく上下に揺れた。

「おや、なんだいこの橋は」

卯之吉が驚いて顔を出し、恐々《こわごわ》と下に目を向けた。

江戸の橋は幕府が威信を掛けて架橋する。恒久的に使用されることを企図しているので、頑丈に造られてもいる。

橋一つ取ってみても、江戸とそれ以外では、これほどまでに違うのだ。

それでも、多摩川のような大河に橋が架けられるのは、幕府の管理する五街道ならではのことだろう。駕籠は川幅五町（五百四十五メートル）の川を一気に渡り切った。

橋を渡れば日野宿は目と鼻の先だ。しかし日野宿に向かおうとしたところで、卯之吉が駕籠かきに声をかけた。

「ちょ、ちょっと、止めておくれな」

「へい」と答えて駕籠かき四人がゆっくりと駕籠を下ろす。卯之吉は転がるように駕籠から出てきた。

「こ、ここまででいい……。ここまででいいよ。ご苦労だったね」

青い顔をしてそう言った。懐をまさぐって財布を出すと、駕籠代をそれぞれの手に握らせた。

駕籠かきたちは怪訝そうな顔をした。駕籠かきの頭《かしら》が言う。

「ここは日野宿の手前ですぜ？　旦那に言われた横山宿は、こっから二里の向こうだ。途中では、浅川も渡らなくちゃならねぇ」

「それはわかっているけどねぇ……もう、ここまででたくさん」

疲労困憊《こんぱい》という顔つきで卯之吉は手を振った。駕籠かきは、横山宿までという約束の駕籠代は頂戴できたし、横山宿まで走らなくても良くなったのだから、不満はない。空駕籠を担いで戻っていった。

「若旦那」

銀八が心配そうにやってくる。卯之吉は真っ青な顔を横に振った。

「ああ酷《ひど》い。なんてぇ駕籠だい。こんなに乱暴な駕籠に乗ったのは初めてだ」

江戸の辻駕籠はお大尽たちが粋に乗りこなす代物《しろもの》だから、駕籠かきたちもそれなりに気をつかって運ぶ。しかし道中駕籠は速度だけが命で、荒っぽく上下左右に揺さぶられるのだ。卯之吉はすっかり駕籠に酔ってしまったのであった。

「三右衛門親分たちも見ているでげす。しっかりなさってくだせぇ」

「ああ、そうだね……」

「ここはあっしが、なんとしてでも取り繕《つくろ》うでげすよ」

銀八は三右衛門と鬼兵衛のほうに歩んでいく。

「若旦那が、どうにも気になる物を見つけたって仰っているでげす」

御用の筋で駕籠から下りたことにでもしないかぎり、この醜態を誤魔化す方法はない。

(うえっ、たまらないよ……)

卯之吉は、よろめきながら多摩川の土手を下りていった。

吐き戻しそうになるのをどうにか堪《こら》え、川岸の冷たい風を顔に浴びているうちに、どうにかこうにか、吐き気も収まってきた。

（やれやれ。やっぱりあたしには、同心様のお役は向いていないないよ）

歩くのも駄目、駕籠も駄目となったら移動手段がない。

舟ならどうだろう、と思って川面を見れば、急な流れが渦を巻いている。江戸の掘割のような穏やかな水面ではない。

（こんな所に舟で漕ぎだしたりしたら、今度は船酔いをしてしまいそうだ）

八方塞がりである。卯之吉は悄然《しょうぜん》と頭を垂れた。

と、その時であった。

（おや……？　あのお人は……）

どこかで見たような男が、舟に乗って多摩川を遡《さかのぼ》ろうとしているのに気づいた。

その舟には二人の客と船頭が乗っている。舳先《へさき》は太い綱で括《くく》り、綱の先は川岸の牛につながれていた。牛に舟を引かせつつ、船頭が操ることで、流れを遡って上流へ進むことができるのだ。江戸の近郊では川船を遡上《そじょう》させるために、普通に行われていたことであった。

（ええと……、あのお人、どこで見かけたのでしたっけねぇ？）

ついさっき、どこかで見たという気がする。卯之吉は記憶をたぐった。

そこへ、三右衛門と鬼兵衛と、美鈴がやってきた。

「旦那、急にお姿を隠しなさって、いってぇどうなすったんで？」

鬼兵衛が訊ねた。

卯之吉は、三人と、川舟を交互に見やった。

「あの舟の、舳先のほうに乗ってるお人だけどねぇ、どこかで……」

と言いかけて、ハタと膝を打った。

「ああ、そうだ。あたしが銀八に足を揉んでもらっていた時のことだよ」

鬼兵衛一家の歩調に合わせることができずに、茶店の中に逃げ込んだ。

「あの時、鬼兵衛さんたちをチラチラと横目で見ながら、顔を伏せて走っていったお人だよ」

「えっ」

三右衛門が遠ざかる川舟に目を向ける。その直後に鬼兵衛が「あっ」と叫んだ。

「旦那！　ありゃあ白金屋庄兵衛だ！」

「えっ、舳先の側に乗ってるお人のことかい？」

「違いますぜ、艫《とも》の方に乗ってる野郎だ。間違いございません！　あいつが白金屋庄兵衛でございますよ！」

三右衛門が激昂《げきこう》した。

「なんだとッ、よしっ、追うぜ！」

「待って。身をひそめて」

卯之吉は三人に、葦《あし》の中に隠れるように命じた。

「慌てて追ったら気づかれるよ。こっそりと隠れながら後を追《つ》けよう」

「へい、合点だ」

親分二人は身を低くしたまま、葦の葉隠れに進み出した。


「それにしてもたいした眼力だ」

鬼兵衛が三右衛門に囁く。

「突っ走る駕籠の中から、橋の下を舟で行く悪党どもに目を光らせていなさったなんてなぁ」

「おうよ。それが八巻の旦那だ。悪党どもは旦那の目からは逃れられねぇ。そういう定めなのよ」

三右衛門が大きく頷いた。

二人の後を、気分の悪さをこらえながら、卯之吉がヨタヨタと歩いていく。

第六章　激　闘

一

冬の日は短い。旅人たちは日の出の前から旅籠《はたご》を出る。いわゆる七ツ立ちである。提灯を手にして白い息を吐きながら、大勢の旅人たちが府中宿を後にした。入れ代わりに、隣の宿場町を発った者たちが府中宿にさしかかる。そうこうするうちに、空がすっかり明るくなった。

その日は朝からよく晴れていた。冷たく澄みきった空が広がっている。

石川と才次郎は、府中宿の外れに建つ祠《ほこら》の陰から、八巻が泊まった旅籠を見張っていた。やがて暖簾《のれん》を払ってヤクザふうの男たちが三人、続いて大柄な浪人者が一日ぶりに表に出て来た。

「おい、見ろ。八巻一行だ。ついに出て来おったぞ」

石川が才次郎に注意を促す。才次郎は寒さで赤くなった鼻を擦《こす》りながら頷いた。

「へい。確かに八巻の手下どもだ」

一行は、二人に見張られているとはまったく気づかぬ様子である。続いて素面《しらふ》を曝《さら》した優男《やさおとこ》が表道に出てきた。勿体をつけて笠を被る。ヤクザ者三人が恭《うやうや》しげに頭を下げて、何事かを囁いた。強面《こわもて》の浪人者まで、八巻には一目置いている様子であった。

才次郎が顔をしかめる。

「八巻め、てぇした貫禄じゃねぇか」

「褒《ほ》めておる場合か」

「褒めちゃあおりやせんよ。それで、石川先生、これからどうなさるおつもりなんで」

石川は「ふむ」と頷いてから答えた。

「利介とかいう若造は、日野の渡しに走らせたな」

「へい。お指図のとおりにいたしやしたぜ」

「ならば良い。八巻は白金屋を追って西へ向かうはずだ。見張るまでもないことだ」

「八巻をおびき出すために、白金屋の名を使ったわけですな」

「そうだ。早速だが、我らは先回りをするといたそう」

石川と才次郎は祠の後ろを抜けて、西へ、日野宿の方角へと走り出した。


水谷弥五郎は太い眉を顰《しか》めた。

「今、視線を感じたな」

寅三も油断のない顔つきで頷く。

「へい。あの祠の辺りからこっちを見ていた野郎がおりやしたぜ」

「曲者《くせもの》が潜んでおったようだ」

由利之丞が震え上がる。

「ついにやって来たってのかい、その、刺客が」

水谷は少し思案してから答えた。

「だが、曲者どもはいずこかへ去ったようだ」

由利之丞の顔色が蒼白になる。

「オイラたちがこの宿場を発つのを待って、道中で襲いかかろうって魂胆じゃないのかい」

「そうかも知れぬ」

「ここまで来てジタバタするんじゃねぇ」

寅三がドスの利いた声音で喝を入れた。

「手前《てめ》ぇは隠密廻り同心サマだろうが。しゃんとしやがれ。八巻の旦那は、ご思案があって俺たちをこの宿場に引き止めたんだ。旦那を信じて大船に乗ったつもりでいやがれ」

そう言われても由利之丞は、まったく安心できない。

「寅三さんは、そう言うけどねぇ……」

寅三は卯之吉のことを、剣の腕も立てば智慧も回って眼力も鋭い辣腕《らつわん》同心だと信じている。しかし由利之丞は、それが全部、勘違いだということを知っていた。

（若旦那を信じろって言われたって無理だよ……。いや、若旦那なんかを信じていたら、生きられる者まで死んじまうよ）

「さぁ行くぞ。こんな所でモタモタしていたら旦那に叱られちまう」

寅三が先に立って歩きだした。由利之丞の左右には、粂五郎とドロ松が恐い顔をして張りついた。

「俺たちがついてるぜ。手前ぇの盾になってやるからな」

などと粂五郎は言うが、実際には、由利之丞が逃げ出さないように見張っているのに違いなかった。


多摩川は奥秩父山塊、笠取山《かさとりやま》を源流とする河川である。武蔵と甲斐の国境の山々に降った雨が谷を下って来るのだが、夏期と冬期で水量の差が激しい。冬の間に降った雪は山々に留まっている。川の水は激減し、川底のほとんどが中州となって露出してしまう。

水量の少ないこの季節には、川の至る所に堰《せき》が作られた。丸太を組んで作った粗末なダムに水を溜めこんでおくのである。

堰の一つに、商人ふうの二人連れが歩んできた。堰で仕事をしていた筏《いかだ》師が、立ち上がって迎えた。

「江戸の材木問屋の白金屋さんと、その番頭さんでしたな」

筏師が確かめると、白金屋庄兵衛と政二は、商人らしい顔を取り繕《つくろ》って頷いた。

「あい。お世話になりますよ」

四十歳ばかりの、いかにも年季の入っていそうな筏師は、訝《いぶか》しそうな顔つきで白金屋の笑顔を見つめ返した。

「こんな季節に材木問屋さんが訊ねてくるこたぁ滅多にねぇ。それに、こう言っちゃあ悪いが、白金屋さんなんて屋号は、初めて耳にしやしたぜ」

白金屋庄兵衛は、努めて柔らかい口調で答えた。

「仰るとおりで。手前どもはこれからお江戸に店《たな》を出そうと志して上方からやってきたのです。ですからね、お江戸の材木問屋さんに負けないように、質の高い材木を揃えなくちゃならない、という次第でして」

白金屋は懐をまさぐって財布から小判を摘《つ》まみ出すと、懐紙に包んで筏師に握らせた。

「お近づきの印です。白金屋を、どうぞよろしくお頼み申します」

筏師はつまらなそうに小判を見た。良質の材木なら、一本が数十両で売れることもある。一両ぐらいの賂《まいない》、どうということもないのであるが、押し返すこともせず、腰から下げた頭陀袋《ずだぶくろ》の中に、無造作《むぞうさ》に突っ込んだ。

「それじゃあ、見て行っておくんなせぇ。値付けの掛け合いはその後だ」

堰の内側に溜められた水の中には、秋から冬にかけて樵《きこり》たちが伐《き》り出してきた丸木が、杉や檜《ひのき》の皮をつけたまま浮かんでいた。

「これは、見事にございますなぁ」

本当は材木の目利きなどはまったくできないのであるが、白金屋はもっともらしい顔つきでそう言った。

政二が危なっかしい足どりで、水に浮かんだ丸木のほうに踏み出そうとした。

「あんた、何をする気だい。水に落ちたらどうするね」

筏師が政二を止めようとして身を乗り出した、その瞬間、忽然《こつぜん》として現われた黒い影が筏師の背後に立った。

「水に落ちるのは手前ぇだぜ、とっつぁん」

太い腕が伸びて筏師の首に巻きつく。筏師は何が起こったのか、咄嗟《とっさ》に理解することもできない。次の瞬間「ぐわっ」と叫んで身を仰《の》け反《ぞ》らせた。

筏師の身体がビクビクと痙攣《けいれん》する。その痙攣が止まると同時に、男は、筏師を勢い良く突き放した。

筏師の身体が水面に落ちる。男は舌なめずりしそうな顔つきで自分が手にかけた死体を見おろした。その手には血に濡れた匕首《あいくち》が握られていた。

「良くやったぜ、熊蔵」

白金屋が褒める。

熊蔵は熊のように黒い髭を生やした顔を綻《ほころ》ばせた。懐から汚い手拭いを出して匕首の血を拭うと鞘に納めた。

「こんなのは朝飯前の片手間仕事よ。……そう言えば」

「そう言えば？　なんだ」

「まだ朝飯を食ってねぇや。ううっ、腹が減った」

人を殺した直後だというのに空腹を訴える。その面《つら》の皮の厚さには、白金屋も絶句してしまった。

政二は筏師の頭陀袋をまさぐって一両を回収した。振り返って熊蔵に言う。

「もう少し辛抱しろ。間もなく合図の狼煙《のろし》が上がるはずだぜ」

「ちぇっ、しょうがねぇなぁ」

熊蔵は堰の上で胡座《あぐら》をかいた。

由利之丞一行は甲州街道を順調に進んでいる。この辺りの街道は河岸段丘の上を延びているので、眼下に多摩川がよく見えた。

「ああ、橋だ」

由利之丞が指差した。

「あれが日野の渡しかい」

向こう岸にも段丘、あるいは堤防がある。日野宿は堤の向こう側なので、町並みなどはよく見えない。

と、その時であった。

「オッ、あの煙はなんだ。火事か？」

寅三が川岸に立ち上る白煙を目敏《めざと》く見つけて叫んだ。

粂五郎は段丘の崖のギリギリまで進んで、目を凝らした。

「漁師が小屋掛けしているわけでもねぇ。野焼きじゃねぇんですかい」

「そう言われりゃあ、もうそんな季節だなぁ」

ドロ松が呑気《のんき》そうに顎を撫《な》でた。

昨年の秋に虫が産んだ卵を枯れ草と一緒に燃やしてしまう。これが野焼きで、春先の風物詩でもあった。

「火事じゃねぇのなら放っときゃいいか」

寅三が促して、一行は歩き始めた。

「白金屋の旦那！　合図の狼煙だ！」

彼方《かなた》に上る白煙を認めて政二が叫んだ。白金屋も「ようし」と答えて立ち上がった。

「熊蔵、堰を切り放つんだ！」

「おうっ、任せとけ」

熊蔵が鉈《なた》を振り上げる。丸太を縛りつけてある縄を断ち切った。

政二も負けじと縄を切り、丸太を蹴った。水の重さに耐えきれなくなった堰は、激しい音をたてて崩壊し始めた。

ドオッと、大量の水が噴き出していく。続いて、堰を突き破りながら、溜められていた杉や檜が飛び出した。

激しい濁流は太い丸木を押し流しながら、下流に向かって突き進んでいく。

二

八巻卯之吉主従に扮した一行は、多摩川にかかる土橋にさしかかろうとしていた。

川の水は少なく、白い砂利《じゃり》の川底が露出している。五町もの長さを誇る橋は、川の中州を横断して延びていた。中州には葦《あし》の茂みの他に灌木《かんぼく》が何本か立っている。増水しても、そこだけが島のように残される地形であるようだ。一行は特になにも気にかける様子もなく、橋を渡り始めた。

先頭を行く寅三は、二町（二百十八メートル）ほど渡った所で、上流から響く不気味な轟音《ごうおん》に気づいた。

「なんだ、あれは」

目を向けると、上流の水面が白く波立っているのが見えた。

「て、鉄砲水だ！」

粂五郎がすぐに覚《さと》って叫んだ。

「兄ィッ、引き返せッ」

粂五郎が叫ぶ。その間にも濁流は、凄《すさ》まじい速度で迫ってきた。

「橋が押し流されるぞ！」

水谷弥五郎も叫んだ。ドロ松と粂五郎は身を翻《ひるがえ》して引き返す。水谷弥五郎も二人の後を追った。

「待ってくれッ」

寅三が叫ぶ。

水谷は、背後に目を向けて、叫び返した。

「間に合わんッ。お前たちは中州に逃げろ！　橋から中州に飛び下りるんだ！」

寅三と由利之丞は、水谷たち三人よりずっと前を歩いていたのだ。引き返すより先に進んだほうが生き残る確率が高い。

「こっちだ、来いッ」

寅三は由利之丞の手を引くと、死に物狂いの表情で走り、中州の上まで達した。

その直後、流されてきた何本もの丸木と堰の残骸が橋脚に激突した。凄まじい音を立てて橋が揺さぶられる。さらには濁流の水圧が襲いかかってきた。

「橋が折れるッ」

ドロ松が叫んだ。

ドロ松と粂五郎が、そして最後に水谷が、橋のたもとの地面に辿り着いた。それと同時に、背後でおぞましい音を立てて、橋が崩れ始めた。

「寅三兄ィ！　飛び下りろッ」

ドロ松が叫んだ。押し流されて行く橋の上にいた寅三と由利之丞が、中州に向かって跳んだ。

濁流は中州にまで押し寄せてきたが、由利之丞は木の幹にしがみついてこらえた。寅三はどうなったのか、川岸に逃れた水谷の目では、しかと確かめることはできなかった。

と、その時である。中州の草むらの中に身をひそめていた何者かが、ユラリと肩を揺らしながら立ち上がった。

木の幹にしがみつく由利之丞に、悠然と歩み寄っていく。

「まさか、八巻氏をつけ狙う刺客か！」

ついに姿を現わした刺客だが、水谷は川の濁流を隔てたこちら側にいる。

粂五郎が凄まじい形相で歯噛みした。

「まさか、この鉄砲水は……！」

水谷は頷いた。

「敵の奇策——ということも、十分に考えられようぞ！」

「なんてこったい！」

川岸で切歯扼腕《せっしやくわん》してもどうにもならない。

「八巻！　ようやく、何人《なんぴと》にも邪魔されることなく、存分に立ち合うことが叶《かの》うたな」

岩田は満足そうに哄笑《こうしょう》しながらそう言った。

堰一つ分の鉄砲水はすぐに水嵩《みずかさ》を下げた。由利之丞はしがみついていた木の幹から離れた。

「こんな卑劣な策を講じてまで、立ち合いたいと言うのか」

顔を隠していた傘の緒を解いた。笠を脱ぐと、その下から、白い肌の美貌が現われた。

岩田はますます笑み崩れた。

「江戸三座の役者にも引けをとらぬ美しさだと聞いておったが、なるほど、人の噂とは正直なものよな」

由利之丞——と、いつの間にか入れ代わっていた美鈴は、足元に転がっている寅三を揺さぶった。

「寅三！　しっかりいたせ！」

しかし寅三は「うーむ」と唸《うな》ったきり、目を開けようとはしない。美鈴をかばいながら中州に飛び下りたとき、流れてきた丸太で頭を打ってしまったのだ。

お陰で美鈴は怪我一つせずにすんだが、寅三は完全に伸びてしまった。

「その子分は、ものの役にも立たぬようだな」

浪人者が低い声で笑う。

「我らにとっては好都合であろうが？　何者にも邪魔だてされずに正々堂々、立ち合うことができるのだからな」

美鈴は不可解そうに首を傾げた。この刺客は、狙う相手が入れ代わったことに、まったく気づいていないのだろうか。

（まぁ、なんでも良い）

とにもかくにも、卯之吉を狙う相手を許してはおけない。

（たっぷりと懲らしめてくれよう）

怒りとともに腰の刀を抜き放った。

浪人は、妙に嬉しそうに笑った。

「そうだ。そうこなくてはな。やはり貴公は、わしが思ったとおりの男だ」

美鈴はちょっと唇を尖《とが》らせた。せめて女だということぐらいには、気づいてもらいたいところなのだが。

浪人がズイッと踏み出してくる。

「参るぞ」

その足が半ば泥に埋まった。浪人の顔に一瞬、不快の色が浮かんだ。

(足元が覚束《おぼつか》ぬようだな)

水を吸ったばかりの泥は柔らかい。良く粘るし良く滑る。美鈴も注意深く足を踏み出して、剣を構えた。

(泥の上に足を下ろしてはなるまい)

砂利《じゃり》や葦の枯葉が敷きつめられた場所だけを伝うようにして、そろそろと横に移動した。

浪人は、足元の泥をベチャベチャと踏み鳴らしながら迫ってくる。腰回りが太い。袴の下の両脚も鍛えられているのに違いない。多少の足場の悪さなど、気にもとめない様子だ。

（いささか拙《まず》い事態だな……）

美鈴の美貌が曇った。

美鈴の剣の流派、鞍馬《くらま》流は、源《みなもとよしつね》義経に武芸を教えた鞍馬の烏天狗《からすてんぐ》が開祖とされている。もちろん本物の天狗ではなく、その正体は鞍馬神社が自衛のために雇った武装集団だったのであろうが、世間から天狗と呼ばれたとおりに、よく飛び跳ねる剣術を使った。

（泥に足を取られたら、天狗跳びもならぬ）

軽快に体《たい》を動かしていればこそ、体重の軽い美鈴でも相手の斬撃をかわすことができる。しかし、泥に足元をとられて身動きもままならず、真っ正面から斬り合ったりしたら、力の弱い美鈴では相手の豪腕に太刀打ちできない。

浪人は間合いを詰めてくる。その巨体がまるで石の壁のように見える。美鈴は致し方なく後退した。

中州の地面には、上流から流されてきた岩や流木が転がっている。足を踏み外し、体勢を崩したりしたら、即座に浪人が斬りかかってくるだろう。

浪人の巨体がさらに迫った。クワッと殺気が膨れ上がる。

（来る！）

美鈴は咄嗟に右に体をかわした。そこへ凄まじい勢いで浪人が突っ込んできた。

「ダァ——ッ!」

剛刀が振り抜かれる。ビュンと風切り音がした。美鈴はその切っ先を横に打ち払ったが、瞬間、腕全体が焼けたように痛んだ。

(斬られたか!)

一瞬、錯覚したほどだ。美鈴は斜め後ろに跳んだ。足元には水が溜まっている。ビシャッと音を立てて泥水が弾けた。

「ヌウンッ!」

浪人がさらに踏み込んでくる。横殴りの斬撃を放ってきた。相手の刃が身体に届く、と観念しかけたすんでのところで、なんとか逃れることができた。

浪人の踏み出した足が踝《くるぶし》まで泥に埋まっている。泥に足を突っ込んだお陰で斬撃の速度が鈍り、すんでのところでかわすことができたのだ。

美鈴は枯れ草にそって逃げた。

(なんという重い斬撃!)

美鈴の腕に先ほどの痛みが残っている。打ち払おうとした時、相手の膂力を受けきれずに、筋を痛めてしまったらしい。それほどまでの豪腕と、重い刀であったのだ。

（このままでは……）

美鈴はなるべく乾いた地面の上を逃れた。あと二、三回、相手の剣を受けたなら、この腕は使い物にならなくなるだろう。

浪人は獣《けだもの》のような唸り声を上げて迫ってくる。幸い、足は美鈴のほうが速いが、しかし、周囲は白い波の逆巻く川だ。

（逃げ場はないな）

狭い中州を逃げ回るのにも限度がある。

「どりゃあっ！」

浪人が凄まじい一閃《いっせん》を振り下ろしてきた。美鈴はからくも逃れた。しかし、うっかりと、先の細くなった砂州の先端へと追い込まれてしまった。

「しまった！」

浪人は巨木のように立ちはだかり、両腕を広げて迫ってくる。

「そこまでだ八巻！　観念いたせ！」

黄色い乱杙歯《らんぐいば》を剥き出しにして笑う。そして大上段に剛刀を振り上げた。

瞬間、美鈴は川面に向かって跳んだ。

「なにっ！」

浪人は視線で美鈴を追った。斬られる恐怖に耐えかねて、自ら入水《じゅすい》死を選んだようにも見えた。

しかし、そこで浪人が見たものは、川を流れてきた丸木の上にいったん飛び下り、丸木を踏んで、こちらに躍りかかってくる美鈴の姿であったのだ。

浪人は咄嗟に構えを直そうとしたのであるが、

「しまった——！」

足が泥に埋まっている。踏み替えることができない。

「タア——ッ！」

美鈴が気合を放った。細身の剣が円弧を描いて浪人の肩口を斬りつけた。

「ぎゃああッ」

凄まじい悲鳴とともに浪人の肩から鮮血が吹き出す。

美鈴は浪人の身体を飛び越えて、砂州の向う側に着地した。

「お、おのれ……！」

浪人は凄まじい形相で歯嚙みした。泥に埋まっていた足をズボッと引き抜き、なおも美鈴に対しようとした——その直後、嚙みしめた歯の隙間から「ゴボッ」と大量の血を吐いた。

美鈴の刀は浪人の肺にまで達していたのである。肺に溢れ出た血が喉を逆流してきたのだ。

浪人の顔貌が蠟《ろう》のように白くなる。グルリと白目を剝くと、ドオッとその場に倒れた。

美鈴は、激しく肩を上下させながら、今まさに、死に行こうとしている浪人を見つめた。

「岩田の旦那が斬られたッ」

多摩川に浮かべた小舟の上で才次郎が叫んだ。

舟の上には石川と利介も乗っている。孤立した八巻を討ち取るために中州に漕ぎ寄せるはずだったのだが、石川の予想した以上に水の流れが凄まじくて、舟を漕ぎ進めることができないでいたのだ。

そして三人の見ている前で、むざむざと岩田が討たれた。

「いかん！　引き返せッ」

石川が命じる。

「我らが中州に着いたところで、舟から下りる順番に、八巻の手で討ち取られるだけだ！」

「ですが旦那！　元締との約束はどうなりやすッ」

「八巻を討ち取る好機はいずれまたやってくる！　無理はいたすな！　舟を川下に向けるのだ！」

闇の世界の元締との約束を踏みにじるのも恐ろしいが、八巻の剣はもっと恐ろしい。利介も真っ青な顔で震えているし、才次郎は元より武芸に心得はない。三人がかりでも勝てないことは明白だ。

「羽佐間甚九郎が討たれたことが、そもそものしくじりだったのだ！　岩田と羽佐間とで挟み撃ちにしておれば、わしの見込みどおりに八巻を討ち取れたと申すに！」

石川はちゃっかりと他人のせいにしたうえで、さも悔しそうに歯嚙みして見せた。

いずれにしても、この激流では操船することも難しい。流されるがままに、美鈴のいる中州から離れていったのであった。

三

「首尾よく事が運びやしたね」

政二は薄笑いを浮かべながら振り返り、多摩川の川下を見やった。

政二と白金屋庄兵衛、そして熊蔵は、多摩川の土手の上を西に向かって逃れようとしていた。

「八巻の野郎め、今頃は橋と一緒に流されているか、岩田先生たちに押し包まれて討ち取られているかのどっちかだ」

白金屋庄兵衛も、篤実《とくじつ》そうな商人の仮面をかなぐり捨てて、悪相を丸出しにしてせせら笑った。

「江戸一番の同心でも打つ手はあるまい。この大水には往生したことだろうさ」

「江戸のことならなんでも知ってるつもりの同心野郎も、多摩郡《ごおり》の暮らしにゃあ疎いはずだ。堰を切られて、手前ぇが渡っている橋を流されちまうなんて、考えもつかなかったに違《ちげ》ぇありやせんぜ！」

政二が嘲笑《あざわら》い、それに釣られて白金屋庄兵衛と熊蔵も、肩を揺すって笑った。

と、その時であった。

「笑っていられるのはそこまでだぜ悪党！」

錆びた罵声が響きわたった。

三人はギョッとして、それぞれ、周囲を見渡した。

多摩川の土手に高く生え伸びた葦の葉が、風に揺られてざわめいている。政二は激怒して叫び返した。

「誰でぃッ、姿を見せやがれッ」

即座に怒鳴り声が返ってきた。

「面白《おもしれ》ぇ！　姿を見せてやらぁ」

葦の原に次々と人影が立った。その数、およそ二十――。三人は動揺して視線を泳がせる。

「白金屋の旦那ッ、囲まれてるぜ！」

熊蔵が熊髭を震わせながら訴えた。

「何者《なにもん》だい、手前ぇら！」

政二が怒鳴ると、一際凄味と貫禄のある男が前に踏み出してきた。

「まだ、わからねぇってのか」

ここで政二は悲鳴に近い声を上げた。

「てっ、手前ぇは……荒海ノ三右衛門ッ」

三右衛門は不敵な面構えでニヤリと笑った。

「おうよ。悪党の風上にも置けねぇ手前ぇらが、オイラの顔を見知っていたとはな。嬉しいんだか腹立たしいんだか、よくわからねぇ」

白金屋庄兵衛も激しく動揺している。

「八巻の子分だって噂の……三右衛門かいッ。するってぇと、まさか」

「そのまさかだ。手前ぇらの悪巧みなんか、八巻の旦那はとうの昔にお見通しだったのよ！」

殺気だった面構えの俠客たちの中から、一人だけヒョロリと瘦せた、場違いに呑気な顔つきの白面郎が現われた。

白金屋庄兵衛と熊蔵が飛び上がった。

「そんな馬鹿なっ」白金屋が怯《おび》えて後退《あとじさ》る。

「手前ぇが八巻か！」熊蔵が震える指で懐の匕首を握りしめた。

政二だけは（先日見かけた八巻とは、少し面立ちが違うような？）と感じたのだが、そんなことを冷静に思案していられる場合ではない。八巻の横に、子分のように従っているのは閻魔前ノ鬼兵衛だ。江戸と内藤新宿を仕切る大親分を従えることのできる同心など、八巻以外には考えられない。

「八巻の旦那の直々《じきじき》のご出役《しゅつやく》でいっ！　悪党冥利《みょうり》に尽きるってもんだろう！

喜んで縛《ばく》につきやがれッ」

鬼兵衛が啖呵《たんか》を切った。

「畜生ッ、そうはいくもんか！」

熊蔵が匕首を引き抜く。政二も歯嚙みしながら道中差《どうちゅうざし》を抜いた。

「こうなったら死に物狂いだ！」

暴れに暴れて、この場を切り抜けるより他にない。

「うおおお〜〜〜ッ」

政二は吠えながら鬼兵衛一家に突進した。一家の俠客たちもすぐに合羽を脱ぎ捨てて、道中差を抜いた。ギラリ、ギラリと何本もの刃が日に光る。

「ダアッ！」

政二が、両足で跳ね、飛び掛かりながら斬りかかった。一家の者が刃の根元でガッチリと受けた。

たちまちのうちに乱戦に突入する。

熊蔵は片手に匕首を構えつつ、もう片方の手で腰帯の後ろに差してあった鉈を握った。身体全体をコマのように振り回し、取り囲んだ博徒を相手に暴れ回る。多勢に無勢で取り囲まれて、肩や腕など二、三カ所を斬りつけられたが、その程度で怯《ひる》むものではない。

「ぎゃっ」

鬼兵衛一家の若い者が撥《は》ね飛ばされて真後ろに倒れた。

「野郎ッ、よくもやりゃあがったなッ」

鬼兵衛の顔が、まるで赤鬼のように朱に染まる。

「逃がすな！　囲み続けろ！　四方八方から袋叩きだ！」

「へいっ」と答えた子分たちが輪になって責めかかる。しかし熊蔵は太った身体を敏捷《びんしょう》に旋回させて、迫りくる子分たちを撥ね除《の》け続けた。もちろん、刃で何度も斬られている。まさに血達磨《ちだるま》の状態だ。にもかかわらず疲れた様子も、怯んだ様子も見せずに奮戦し続けた。

「くそっ、まるで手負いの獣だ。手がつけられねぇ！」

鬼兵衛は子供のように地団駄を踏んだ。そしてまた一人、子分が体当たりを受けて撥ね飛ばされた。

血まみれの野獣と化した熊蔵は、ついに子分たちの包囲を破った。雄叫《おたけ》びを上げながら走り出した。

その行く手に偶然、立ちふさがるようにして銀八がいた。

「ひえええ！」

銀八は悲鳴を上げた。その場で腰を抜かして、ストンと尻餅をついてしまった。

「こっちに来ねぇでおくんなさいッ！」

無我夢中で地べたの泥を摑み取ると、熊蔵に向かって投げつけた。

銀八は、投扇興《とうせんきよう》も楊弓《ようきゆう》もまったくの不得手で、的に当たったためしなど一度もない男なのだが、狙いもつけずにただ投げつけた泥が、熊蔵の顔面を直撃した。

「うおっ？」

真っ黒な泥がベチャッと弾けて熊蔵の両目を覆う。さしもの熊蔵も身体をよろめかせた。顔の泥を落とそうとして、拳で何度も目を擦る。

「それだ！　目潰しだ！　野郎どもッ、あいつの目を狙えッ」

鬼兵衛一家の子分たちがしゃがみ込んで足元の泥を鷲摑みにした。そして一斉に、熊蔵の顔を目掛けて投げつけ始めた。

これにはさすがの熊蔵も閉口させられて、太い腕で顔をかばいながら、あっちへ逃げたり、こっちへ逃げたりした。

「石礫《いしつぶて》だ！」

鬼兵衛の命令一下、今度は石塊《いしくれ》を投げつける。ゴツンゴツンと熊蔵の頭や額に命中した。

「痛い！　痛い！　やめてくれッ」

熊蔵が泣き声を上げた。さらに石礫を投げつけられて、手にした匕首と鉈を落とした。

すかさず「それーっ」と子分たちが襲いかかる。背中から躍りかかって押し倒し、その上に次々と折り重なって取り押さえた。

政二は、熊蔵ほどの抵抗をすることも叶《かな》わなかった。道中差を突き出したところを、荒海一家の巳之松に迎え撃たれる。巳之松は匕首で刀を受けながら、足を飛ばして政二の脛《すね》を蹴った。

「あっ」

足を払われた政二が蹈鞴《たたら》を踏む。二、三歩よろめいた所に待ち構えていた三右衛門が、拳骨で政二の顎を張り飛ばした。

「ぐわっ」

政二は真後ろに吹っ飛んで大の字に倒れた。

すかさず巳之松が政二の手指を踏みにじり、指の骨を折る勢いで道中差を奪い取った。

さすがは江戸でその名を知られた荒海一家だ。刃物を持った敵を相手の喧嘩にも慣れている。八巻の手下になる以前は、江戸で最も凶暴な武闘派集団として恐れられていたのだ。

「やめてくれッ、俺が悪かった！　殺さねぇでくれ！」

政二は号泣しそうな勢いで詫びを入れ始めた。

「八巻の旦那に楯突いておきながら、いまさら詫びたって遅《おせ》ぇんだよ！」

巳之松は奪った道中差を政二の喉元に突きつけた。政二は闘争心を失って、すっかり怯えきっている。

「おいッ、殺すんじゃねぇ。お縄だ」

荒海一家の喧嘩なら、殺したうえで死体を多摩川に投げ込んでしまうところだが、公儀の御用とあればそうもいかない。

巳之松は政二の襟首を摑んで、引き起こすと、三右衛門に手渡された捕り縄でグルグル巻きにし始めた。

「命拾いをしやがったな。もっとも、お白洲で死罪を言い渡されるまでの命だけどな」

政二はガックリと頭《こうべ》を垂れた。

白金屋庄兵衛は土手の上に座り込んでいる。茫然自失、目を開けたまま失神しているような有り様であった。


「若旦那……ッ」

銀八は卯之吉の許《もと》に駆け寄った。

「捕り物が終わったでげす！　大丈夫でげすか？」

「ああ、そう」

卯之吉はしれっとして答える。

「ご苦労さま」

「あれ？」

銀八は首を傾げた。

「突っ立ったまま、気を失っていなさるんじゃねぇんでげすか？」

それを心配して駆けつけてきたのだが。

卯之吉はのんびりとした顔つきで、首を横に振った。

「あっと言う間に捕り物が終わってしまったのでねぇ……。気を失っている暇もなかったよ」

そう言うと、大きく口を開いて欠伸《あくび》をした。

四

三右衛門と鬼兵衛は、捕縛した三人を小突き回しながら、横山宿に引っ張っていった。宿場役人に届けると、宿場が唐丸籠《とうまるかご》を出してくれた。籠に罪人を押し込んで、江戸まで送るのだ。

「旦那が、評判の高い八巻様でございますか！」

問屋場《といやば》の役人が驚愕《きょうがく》して卯之吉を見つめている。

宿場役人の身分は町人である。宿場の名主や近在の有力者が道中奉行の委託を受けて宿場を切り盛りしている。旅人相手には役人風を吹かして威張り散らしている彼らも、江戸で評判の辣腕同心、八巻の威にすっかり打たれて、冷や汗をかいたり、引きつった愛想笑いを浮かべたりした。

「それにしても、さすがは八巻様。堰を切った悪党を、その朝の内にお縄にかけてくださるとは……」

宿場役人は引き据えられた三人の悪党に目を向けた。江戸一番の切れ者と評判の八巻とはいえ、あまりにも手際が良すぎるのではあるまいか。

「驚いたかい」

八巻の一番の子分だと自己紹介をした強面の男が、カラカラと高笑いを響かせた。

「ウチの旦那の眼力の凄まじさはな、悪党どもから〝千里眼〟って呼ばれて恐れられているほどなんだぜ」

「まったく、仰るとおりで……。畏《おそ》れ入った次第にございます」

宿場役人は、懐紙で冷汗を拭いながら頷いた。

唐丸籠が甲州街道を行く。多摩川の橋は流されてしまったので、渡し舟が用意された。堰に溜まっていた水はすぐに引いて、渡し舟の船頭は、船底を擦りそうな水の浅さに難儀している様子であった。

籠は鬼兵衛一家の子分たちが舟から下ろし、土手の上まで担ぎ上げた。最後に卯之吉が土手を上った。

「ああ、美鈴様。それに皆さんも。ご無事でしたか」

卯之吉は橋の残骸に目をやった。

「堰を切って貯木を流して、橋を壊すなんてねぇ……。まさかそこまでなさろうとは、思いもよりませんでしたよ」

由利之丞が唇を尖らせた。

「酷《ひど》いよ若旦那！　もし、美鈴様が身代わりを言い出してくれなかったら、オイラも一緒に流されてたよ！　中州に飛び下りていたら逃げ場もないや。浪人者に斬られていたよ」

「とんだご災難でございましたねぇ」

卯之吉はまったく悪びれた様子もなく、薄笑いを浮かべている。由利之丞にとってはいい面の皮だ。

「次の芝居では、飛び切り上物の衣装をあつらえておくれよ」

由利之丞にこれ以上言わせておくとボロが出る。そう思ったのか水谷弥五郎が前に出てきた。

「八巻氏、三人ばかりの悪党を逃がしてしまった。舟に乗っていたのでな。我らも急いで船頭を探したのだが、その時にはもう、下流へ逃れておったのだ」

「左様でしたか。まぁ、致し方もございますまいねぇ」

卯之吉は背後の唐丸籠に目を向けた。

「今度の一件では、白金屋庄兵衛さんを捕まえることが第一でございましたから。満足でございますよ」

そう言ってから首を傾げた。

「庄兵衛さんたちが堰を切ったのは、あたしを襲おうとした刺客のお仕事を首尾よくはかどらせるためだったように思えますねぇ。ということは、あたしを狙った刺客は、庄兵衛さんの一味だったのですかねぇ」

「江戸の奉行所で締め上げれば、わかることであろう」

「そうですねぇ」

卯之吉は、(もうどうでもいいや)という顔をして、橋の残骸が漂う多摩川を眺めた。

「……こんなことになっちまって、道中奉行様からお叱りを受けやしないですかねぇ?」

「知らぬよ」

いつもながらの浮世離れぶりに水谷はついてゆけない。

「おや」

と、卯之吉が美鈴を見た。

「どうかなさいましたかえ？　腕がお悪いのですか？」

美鈴は努めて痛みをこらえていたのであるが、医工の修業を積んだ卯之吉の目を誤魔化すことはできなかった。

「お見せくださいまし」

卯之吉は美鈴の腕を取って袖を捲《まく》り上げようとする。

美鈴は顔を紅く染めて恥じらった。真っ白な腕を剝き出しにされて、しかもその手を卯之吉に握られている。

「お、おやめくださいませ……っ」

「何を仰っているのです。これは医工の見立てです」

卯之吉にとってはそうなのであろうが、美鈴にすれば、好いた男に手を取られ、柔肌を見つめられ、時には優しく撫でさすられるのだからたまらない。恥ずかしいやら嬉しいやら、今にも昇天しそうな顔つきで、身を震わせ続けたのであった。

「しくじったのか」

隠れ家の座敷に座った天満屋が冷えきった声を漏らした。

廊下では才次郎が冷汗まみれで平伏している。

「めっ、面目《めんぼく》次第もございやせんッ。堰を切って溢れ出た水の勢いが激しくて、どうにも八巻に近寄れず仕舞いに……け、けっして、臆病風に吹かれたわけじゃあござんせん……」

才次郎の言い訳など、天満屋はまったく聞いていない。

「羽佐間先生と岩田先生を討たれ、白金屋庄兵衛は捕らえられたか……」

「政二兄ィと熊蔵も捕まっちまったようなんで」

「まったく良い目がないね」

「へい、あっしと石川先生が無事に戻って来たことが、せめてもの救いでございまさぁ」

臆面もなくそう言ったが、当たり前のように無視された。

「白金屋の口から、坂上様の無尽講のからくりが語られたなら、罪は英照院様のみに被される。権七郎への咎《とが》めは、その分だけ軽くなろうな」

この辺りの理屈は難解だ。

明治以前の日本の夫婦制度は、夫婦別姓、すなわち、嫁入りした女人は死ぬまで実家の姓を名乗り、実家に属する者だとされていた。例えば源頼朝《よりとも》の妻、北条《ほうじょう》政子《まさこ》は、一生涯北条姓であり、源政子になったりはしない。北条政子は死ぬまで実家の北条家のために暗躍し、婚家の源家を滅ぼす手助けまでした。

つまり、英照院が犯した罪は、坂上家とは無関係――という乱暴な理屈が成り立つのである。少なくとも、本多出雲守はその線で押してくるはずだ。権七郎に罪がないのであれば、権七郎を当主に押した本多出雲守の面目も、損なわれずにすむからである。

天満屋は珍しく怒気を露にさせた。

「八巻め……！」

片手に握った煙管《きせる》の羅宇《らう》が圧《へ》し折れる。才次郎は元締の怒りのほどを悟り、冷汗を滴らせながら身を縮めた。

五

「よう参ったな、八巻」

権七郎が、お姫様のように美しい顔を微笑《ほほえ》ませながら卯之吉を迎え入れた。

「見よ、梅の蕾《つぼみ》が綻んでおるぞ」

坂上家の庭に植えられた紅梅が、そろそろ花を咲かせようとしていた。

豪勢な庭に建てられた茶室。障子を開け放つと明るい庭がよく見える。さすがは七千二百石の旗本屋敷だ。卯之吉も思わず陶然として見とれた。

「早いもので、すっかり春にございますねぇ」

ほんの一月ほど前、甲州街道を旅していた頃には、まだまだ空気も冷たかったのに、いまではすっかり陽気も緩んで、空には春霞がかかっている。

権七郎は茶釜の前に座り直した。

「茶を点《た》てよう。そなた、茶も嗜《たしな》むであろうな」

「はい、頂戴いたします」

卯之吉は客の席に座った。権七郎は面白そうに微笑んだ。

「やはり、茶の嗜みもあったか。本当に変わった男だな」

町奉行所の同心の家禄はたったの三十俵。おまけに町人に交じり「やい、お前ぇ」だの「オイラは」だのと、下賤《げせん》な町人言葉を使いながら、埃っぽい町中を駆けずり回っている。そんな男たちが茶の湯に通じているほうがおかしいのだ。

しかし卯之吉は、なにゆえ奇異の目で見られるのかがわからない。江戸の粋人であれば、茶の嗜みぐらいあるのが当然である。

茶釜の湯が沸くまで、暫《しば》しの歓談だ。

「我が家への仕置きだが、評定所にて、改めて断が下された」

卯之吉は微笑んで耳を傾ける。

「いかがなりました」

「そなたと南町奉行所のお陰だ。我が家への咎めは軽くされ、甲府への山流しも立ち消えとなった」

「それはよろしゅうございました」

と言いつつ卯之吉は、少しばかり、残念そうな顔もした。

「どうしたのじゃ、その顔は」

「甲州街道の景色も、なかなかのものでございましたのでねぇ……。季節も良し、甲府までの旅は、さぞや面白かろうと思っていたところでございますよ」

権七郎が思わず吹き出した。

「面白いのはそなたのほうじゃ」

そう言って軽やかに笑った。


坂上家の屋敷を辞した卯之吉は、春の陽気の中を、蕩《とろ》けてしまいそうな顔つきで歩いた。背後には銀八を従えている。

「隠密廻り同心というお役目は、なかなかに良いものだねぇ」

思いがけぬことを卯之吉が口にしたので、銀八は「へっ？」と、間抜けな声で答えた。

「南町のお役目が〝良いもの〟でげすか？」

雪でも降りはしないか。銀八は恐々《こわごわ》と空を見上げた。

「そりゃまた、どういう風の吹き回しで？」

「だってさ、隠密廻りの同心サマなら、いつだって町人の格好でいられるじゃないか」

「はぁ」

「それに、江戸の外にまで出掛けることもできるんだよ」

「さいでげすな」

「どこまでも遊山《ゆさん》に行けるというものじゃないか」

(いや、それはいけないでげす)と、言おうと思ったのだが、やめておいた。

「この前の御用旅では、ついに最後まで、内藤新宿での遊興ができなかったからね。今度こそ、旅籠に揚がるよ」

隠密廻り同心の役目を悪用し、内藤新宿まで遊びに行くつもりでいるようだ。

「待っておくんなさい。内藤新宿には、鬼兵衛親分とその子分さんたちがいらっしゃるでげすよ」

いつもの調子で遊び呆《ほう》けていたりしたら、卯之吉の素性が露顕してしまう。切れ者同心などではないことが明るみに出てしまう。

(これは困ったことになったでげす!)

焦る銀八だが、遊びに関しては卯之吉は異様な頑固者である。人の忠告も諫言《かんげん》にも一切耳を貸さない。

銀八が頭を悩ませているうちに、南町奉行所に着いてしまった。

卯之吉は小者に呼び出されて、沢田の用部屋に向かった。

「おう！　八巻か！」

滅多にないことに、晴れやかな顔つきで、沢田彦太郎が明るい声を張り上げた。

「この度《たび》の働き、まことに見事であったな！　満足しておるぞ！」

「はぁ」

笑顔を向けられても卯之吉は、ろくな返事もしないで座る。

（今日は何を言われるのでしょうねぇ。面倒な話だったら嫌ですねぇ）

などと、頭の中で考えている。

卯之吉にはかまわず、沢田は一人、上機嫌に捲し立てた。

「満足しておるのは、わしのみにあらずじゃ。お奉行からもお褒めの言葉があった。本多出雲守様のご体面が損なわれずにすんだからじゃ！　お奉行も本多様からお言葉を頂戴したとのことで、たいそう面目を施《ほどこ》した、という話じゃ！」

「それはよろしゅうございました」

まったくの他人事《ひとごと》のように卯之吉は、気のない返事をした。

「お話はそれだけでございますか。それではあたしはこれで」

早くも腰を上げようとする。内藤新宿に乗り込んで、どんちゃん騒ぎを繰り広げようと目論《もくろ》んでいるのだ。心は早くも四谷大木戸の向こうに飛んでいた。

「いや待て。話はまだ終わりではないぞ」

「なんでしょう」

顔を向けると、笑顔の沢田が手のひらを突き出してきた。

「あ、はいはい」

咄嗟に卯之吉は財布を出して、小判を沢田に握らせようとした。役人に手を差し出されたら、賂を渡すのが江戸の町人の常識だ。

「なんの真似じゃ」

沢田が目を剝いた。

「そうではない。十手を返せと申しておるのじゃ」

「十手？」

「左様。一件が落着したのでな。そなたのお役は免じられる。隠密廻り同心は罷《ひ》免《めん》じゃ」

「ええっ。……それじゃあ、江戸の外には出られないと？　内藤新宿にも行けないってことですかえ？」

激しく動揺した卯之吉の腰の辺りを、沢田が覗きこんでいる。

「十手はどうした？」

「ええと……、はい」

「腰に差しておらぬではないか」

「はぁ、邪魔になる――ではなくて、大切な物なので、そのぅ、屋敷の神棚にあげておりまして」

「持って参れ」

卯之吉は悄然《しょうぜん》として立ち上がった。

「屋敷に戻ります……」

「おう。早くいたせよ」

卯之吉は、真昼の幽霊のような、力のない足どりで奉行所の建物を出た。

「若旦那、どうしたんでげすか、その冴えないお顔の色は」

銀八が心配そうに身を寄せてきた。

「……銀八」

「へい」

「これから内藤新宿に行くよ」

「へっ？　またぞろ隠密廻りの御用旅でげすかい」

「違うよ、遊びに行くんだよ」

涙混じりの目で卯之吉は訴えた。

「十手を返しちまったらオシマイだ。もう二度と、内藤新宿では遊べない。こんな悲しいことが他にあろうかね」

「いくらでもあるんじゃねェかと思うんでげすが」

「あたしは行くよ。どうあっても行く。何があろうと登楼して、立派に遊んでみせる！　引き止めないでおくれ！　通人としての、あたしの意地がかかってるんだ」

卯之吉はズンズンと歩み始めた。

「あっ、若旦那！　待っておくんなさい」

銀八が不格好なガニ股で後を追っていく。

双葉文庫

は-20-12

大富豪同心《だいふごうどうしん》

甲州隠密旅《こうしゅうおんみつたび》

2013年5月19日　第1刷発行
2025年7月17日　第8刷発行

【著者】
幡大介《ばんだいすけ》

【発行者】
箕浦克史
【発行所】
株式会社双葉社
〒162-8540 東京都新宿区東五軒町3番28号
［電話］03-5261-4818(営業部)　03-5261-4833(編集部)
www.futabasha.co.jp(双葉社の書籍・コミックが買えます)
【印刷所】
株式会社新藤慶昌堂
【製本所】
大和製本株式会社
【カバー印刷】
株式会社久栄社

【フォーマット・デザイン】
日下潤一

ISBN978-4-575-66612-0 C0193
Printed in Japan